北京汉阅传播
Beijing Han-read Culture

草月
译谭

泉镜花

IZUMI KYOKA

吉林出版集团有限责任公司

汤岛之恋

蔡鸣雁 译

目录

海的使者

海の使者

上

信步走上屋后小桥去对面的苇坡，我情不自禁地停下脚步。

蓦地传来鸟鸣声，是那般温婉柔顺的啼鸣，唧唧、唧唧唧……

那啼鸣听起来就在耳际，却并非发自近在咫尺的枝丫或充作茄子地篱笆墙的扁豆叶中，而是在我脚下的低处。

于是我驻足留神察看，那鸣叫却又戛然而止，倏然沉寂。

——已过秋分的午后三点多，薄云笼罩着西沉的太阳，这般的秋日，天空中却并无雨意。尽管樱山山阴处飘荡着灰蒙蒙的乌云，玄武寺的山峰却在万里晴空下披着淡淡青色，被采石劈开的山岩肌理在空中苍青泛白，从深处透出光来，看上去仿佛有月儿眠宿其中。

放眼看去，桥的彼端漫山的芦苇绵延直至山脚。芦苇尽皆抽穗，穗儿已经开始纷纷绽放，如大朵云雾缭绕腾起，围着茅屋，覆着森林。眼前一无遮蔽，芦苇与群山上的芒草绵延摇曳，浑然一体。没有风，草儿却不知在何处浅唱低吟地互诉着清寂暮秋。

我打算走到后面的田间小路上去。那条路上，折垂的苇叶在芦苇根部交织成网。我甫一抬脚，又响起“唧唧唧唧”的啼鸣。

“是什么呢？”

听上去不是虫儿，应是鸟儿无疑，却依然传自脚下。莫名感觉像在桥桩那里。

“难不成是白鸻？”

不对，这里没有什么河滩乱石，没有岩石，也没有看上去能赖以栖息的航标。就算有，它也没有理由如这般在人走近之后却不受惊振翅飞起。

许是藏在河滩上的芦苇丛中？我边撩开芦苇边小心翼翼地又迈出一步。接着我又多少放开步子啪嗒啪嗒走起来，和着我的脚步它又“唧唧唧唧”地啼鸣不止。

我一边留神聆听一边心绪不宁地快步走到桥头。

那桥不过是个将圆木劈开，三四根并连在一起而成的名堂。接缝处空隙中开，木板也已经腐烂，人走过时吱吱嘎嘎摇摇欲坠。倒是有用绳子将徒具其名的竹子绑在一起做成的护栏，那也高不及膝，往返其间总是颤颤悠悠。桥桩亦羸弱不堪——它在流入潮水的小河中被四平八稳逍遥自在地浸染成淡墨色，水流湍急中自然不至于随波晃荡，但水中的倒影却是弱不禁风，和着倒垂的苇叶飘摇踉跄。

不过它再怎么行将就木也还不能称其为树洞，桥桩上不会有鸟儿来栖，尽管我听闻有在马尾里筑巢的老鼠。

“总归像个桥样儿。”

我又一次尝试折回桥边，伴着足音，啼鸣俄而又起。

“唧唧唧唧、唧唧唧唧唧唧……”

俨然在我的足尖鸣叫，错愕间我踮起脚向后跳开。彼时的啼鸣让人感觉仿佛踩碾到刚出巢的夜莺，可怜得令人揪心。

确实就在我的脚下，所以我再次拨开苇叶……适逢两三天前刚下过大雨，被雨水冲刷过的河滩一片狼藉。我从露出白生生草根的湿泥坑洼中窥看楔子松弛、宛若刚退去洪水时的棚顶一般的横木与桥板间幽暗的缝隙，结果一无所见。我转过脸，扭着脖子看，却只看见红彤彤的螃蟹在窸窸窣窣地爬动，寄居蟹像念珠一样在暗处成群蠕动，看上去能发出声音之物全然不见踪影。

“哈哈，是冈沙鱼在叫！”我拍拍手独自笑道。

中

虎沙鱼、衣沙鱼、燕尾沙鱼，皆有其名，莫非也有所谓“冈沙鱼”？即便有，我也拿不准它是否会叫。

许久以前我曾经和住在药研堀的朋友从贮木厂去参拜八幡神社。我们途经汐入町到河堤，再折回永代。那也是秋季，走过河堤时正值黄昏时分，一望无际的苇塘上唯见白云不见滴水，而对面却是片云没有的大海。路上随处可见落叶的杂树，看上去如同寒碜的柴木般散乱斑驳。

“这个时候，冈沙鱼会来这种地方玩耍。”朋友说道。

“冈沙鱼是什么东西？”我问。

“那是种栖息在陆地上的鱼。它顺着芦苇根爬上来，再顺势爬到树上……秉性为鱼，所以不能爬得太高。它会爬到水杨树之类的树上，煞有介事地待在上面……它可是这个河堤上的名产呢……劫后余生的家伙还会叫呢。”

“总觉得有些鬼魅呢。”

“倒真是个邪性的东西，有点让人毛骨悚然哪。”

就那样，我恍若听他陪我闲聊解闷儿，黄昏的气氛莫名袭上心头。

诚然，我觉得那东西未必没有。我感觉那似乎是种颜色黑中带黄，让人不寒而栗的事物。

后来我晓得那纯属胡扯，然而不知何故我依然不自禁地感觉那东西未必没有。

那东西在叫……我暗暗觉得好笑。

我又一次地拨开两边的芦苇，低垂双手有节奏地敲击桥的一端。“嗵”地敲一下，“唧唧”地叫一声，“嗵嗵”地敲，“唧唧唧”地叫。

“唧唧唧唧……”

“唧唧、咔咔、唧唧、咔咔……”

“唧唧唧唧、唧唧咔咔、唧唧咔咔……”

那是用艳红的网绳牵动玉辘轳在黄金井里发出的袅袅清音。

“啊，是桥板在吱呀作响呀。把它剖开，没准儿还能做成一把名琴呢。”

于是我暂别这摩挲着护栏的“乐器”，来到供散步用的田间小路。

芦苇丛中有个池塘——说是池塘，不过是个十坪[①]左右的坑洼罢了。只有涨上潮水它才会贮满，并不会存下淡水。

① 日语中的面积计量单位，1坪约为3.306平方米。

池塘周围，乱蓬蓬的芦苇叶就像拼命涌向河童盘子里一般往正中央哗啦哗啦地注水。不断有搁浅在滩涂上的小鱼游弋其中，引得村里的孩子们挽起袖子翻来搅去地戏水……寄居蟹也在成群蠕动。不过，盛夏时节这里因潮汐短暂中断而干涸，坚硬得一如墙壁且布满闪电般的龟裂。只消忽地涌上田越川一股潮水，水就会“吱吱”渗入，龟裂处则“咕嘟咕嘟”冒起泡泡，转眼就涨满一池潮水。

一旦涨潮，此处就要涉水通过，所以这里另架一处桥梁——与先前那桥间隔不过十间[①]。此处桥梁亦不过是运来木板，好歹一扔了事。

池塘那紧凑的、搁置桥板的豁口仅有五步之宽。水从河里流入，穿过小桥，沿着堤坝状的田间小路注入田畦，其间渗入芦苇根部，不知隐匿到了何方。

现在正值涨潮，水浅浅地流了满地。不过，芦苇叶的姿影比水更为浓酽。

今天我不会平白无故过这座桥，因为发出鸣响的是先前那桥。且慢！这桥没准儿也会吟唱。于是我踏上桥，在两步左右的桥中央停下脚步，却没有听到任何声响。我原本并非要刻意听取什么，如此不觉便沉浸在薄暮时分静谧的流水声中。

嶙峋的山岩哟，此处亦有一人如坐纳凉台上，在这里久久凝望上涨的潮水。

---

① 日语中的长度计量单位，1间约为1.818米。

下

有什么东西掠过水面一蹿一蹿地游动，影子一般漂浮而去……起初我以为是抓附在苇叶上的螃蟹映在水里的倒影在随波荡漾，再看却不然，那东西俨然知情达意般顺着桥往复游动。涌上的潮水清明澄澈，所以仔细看去一目了然——它如婴孩拳头大小，状如一团软塌塌的泡沫。那莫名其妙的模样看上去宛如从苍穹中投下的浮云影子，呆滞而轻软。它全身浅灰白色，布满黄色斑纹，随波逐流地出没于水中，时而紧聚时而松散，像灰暗的浊肉，又像水一样半透明。这东西并非他物，而是虎斑水母。

一个有生命的东西波澜不惊地、甚至轻松愉悦地嬉戏，自由自在地游动……然而它既不沉入水底又不待在水中或浮上水面，而是身披一件流水形成的薄衣晃晃荡荡、晃晃荡荡……它斜着舒展身体游动，间或猛然直直地抬起头，再看时又平躺下来，“嗖”地游了过去。

彼时并无其他漂浮之物。

它一副独霸池塘的得意模样。许是没长眼睛和耳朵的缘故，即便有张人脸在上面盯着看，它也依然故我地游来游去，折回来又穿过去。

那并不仅仅出于巧合。实际上它就在我蹲下后前胸位置那仅有一尺见方的地盘上刻意似的游来游去。它在显摆呢，这蠢东西！

憎恶之情油然而生。

我分开两膝坐下，猛地将手插入水中，水哗哗地淹没手臂。“一来法师”[①]被这一搅，立马抽身却步，消失得无影无踪。在我伸长手臂也够不到的对面，它滴溜溜地打着转儿，又若无其事地游了起来。

“这家伙！”

我不禁苦笑着自言自语。

“且慢！”

捉住它！我起身走向桥头。于是它也飘飘悠悠地跟着来到桥板与芦苇根交杂的一角。它“腾”地游到我的脚跟前，却又懒洋洋地趴在一处咕嘟咕嘟冒白泡的地方——不知是螃蟹洞还是芦苇根。

那模样俨然要发出“呼”的吹气声。它就像被释放出的气泡一般猛然浮了出来。

① 日本小说《平家物语》里的人物，作战中一马当先，身手敏捷。

少顷，我齐根截下一枝芦苇倒拎在手里。你这软塌塌的家伙，我要拦腰套住将你从水里捞出来！

于是我蹑手蹑脚地拉开一段距离发起袭击。我从侧面缓缓靠近，趁这家伙还在如痴如醉地游着的当口儿麻利地拢上去，顺利地套住了它。

看上去就像缠住一团莼菜，可是提起来时，它又随着水滴滑不溜秋地出溜了下去。我一无所获。

“章鱼鬼火[①]该退去了。”

瞧我的！我多少有点胜利在望的扬扬自得。光是拿起芦苇穗弯成弓形抵住脸轻拂面颊倒也罢了，与此同时我还将目光投向潮汐入口。

它在从河里涌进潮水的豁口正中——那豁口在芦苇根处，约两间大小。正冲着桥的位置漾起一圈圈的旋涡，那秃家伙的颜色越变越深且刷刷发出红光，以即将腾跃而起之势“噌噌”浮了上来。

满以为它会对人产生畏惧，然后顺流而下退回海里。可是不然。

它在原处沉沉浮浮地休整了一会儿，紧接着又敏捷地侧游起来。不过它相当谨慎，沿着芦苇根转了一大圈后又翩翩然游了回来。

白色的芦苇穗在苇叶中暗淡下来，黄昏的气氛铺满开始凋零的秋草叶梢。

① 日语中常用章鱼比喻秃头的人，此处指水母。

水母身上蒙着黑色的影子，漾起的旋涡越来越大。

伴着它的游动，潮水似乎在不断上涨。水面！水面在震颤并迅速地漫延开来。汹涌上涨的潮水淹没了潮汐入口，摇晃着河畔的芦苇……刷啦刷啦地摇晃着。伴着每一下簌簌作响的晃动，池塘就仿佛从深处浮起一般，水渐渐涨了上来。倒映在水里的姿影——无论是桥还是人——都深深地沉坠下去。如此一来，就算将玄武寺倒过来投放水中，那峰顶也未必能触到水底。

芦苇的四周，水漫延成圆形。它汲取大海里的水，从狂涛大作、水势高涨的河面上冲着芦苇穗的芒尖兜头浇下。水在芒尖上略一纠缠，然后应势跌落……只有一面泄水口，那水在桥下訇然作响，湍急的水流冲上田畦卷起旋涡。那里的芦苇登时阵脚大乱、随波狂舞，苍白的苇絮在薄暮中纷纷扬起。

“沙、沙、沙……”

“嗤、嗤、嗤……”

“嗨哟、嗨哟、嗨哟……”

水声听起来活像在喊着号子喷射海水。再看，它的身体如同燃起了龙宫的火把，发出浑浊的光。

白色的火焰悄无声息地迫近小桥，那时水眼见着就要没过芦苇。

桥板吱呀作响，脚下胡摇乱晃，我慌忙退了回来。刚一着地，地上也已漫上了水。

桥吱嘎吱嘎地摇晃，转眼水母一蹿一蹿地游了上来。水渐渐涨满，发光之物倏地拖长尾巴。

听闻这种动物会在腥风大作的夜晚飞上天空袭击人……或许在狂风暴雨的波涛间还会化身成秃脑袋海怪呢！

在这黄昏时分，我惊慌失措地抽身却步，登上原先那座桥。突然，又响起“唧唧唧唧”的鸣叫。这桥略微高些，我有如乘上船只，暂且放下心来。可是，扭头回望，这里的潮水也已涨到桥旁，水母悄然逼来。它再次鼓囊囊地聚成一团停在那里，然后发出如气泡呼吸般的复仇之光。

“沙、沙、沙……”

“嗤、嗤、嗤……”

“嗨哟、嗨哟、嗨哟……”

水母一副喊着号子拼命推波助澜的架势。

月光“刷”地照上玄武寺那俨然磨刀石的山岩表面。

汤岛之恋

湯島詣

红茶会

“请喝红茶。宿舍里什么也没有，方糖自己看着放好了。来，神月。”

当三个人的红茶被沏好并一一倒进杯子里的时候，柳泽时一郎漫不经心地坐到一把大大的藤椅上。他高高的个子，身材挺拔，穿着笔挺的制服。

他将一只套着漂亮套袖的手臂搭在椅子边上，悠然地晃着胳膊，说：

“筱冢，把那个方糖给客人拿出来。”

“来了。”

热情答应的是位哲学家，名叫筱冢某。他剃着和尚头，身穿西装，性情温和，和柳泽面对面围着一张桌子坐在藤椅上。他转过身，伸手从后面的书箱上拿起一瓶方糖，将它放到坐在两人之间的一位英俊少年面前。

“我自己取了。”

客人温文尔雅地颔首致意。他姓神月，名字叫梓，是他们的同窗，一名文学士。这些人个个都是不同凡响的人物。

梓拿起柳泽给他沏红茶的那个淡红色的、晶莹剔透的小小玻璃杯放到眼前。另有一位和哲学家并肩而坐。他留着稀疏的胡须，身穿土布棉和服和小仓和服裙裤，将长带子的捻绸短和服外褂脱下来里子朝外搭在椅背上，一只手揣在和服裙裤口袋里，正在一脸严肃地读书。看到这光景，梓微微欠身凑过去问：“在读什么？”

“我啊……”

他嘴上答应着，可是由于突然间抬起头，自己也弄不清楚应该对谁回答。正在他茫然的时候，柳泽轻车熟路地接过话题，说：“若狭读的是历史。身为专修国史的老师，他片刻都不肯放松研究。”

“是在用功呢。”

神月点头赞叹，“和尚”却一边呵呵笑着一边斜着眼睛瞅他读的那本书。柳泽也忍俊不禁，说道：“竟然还有人正经八百地跟他致意。历史倒是历史，不过可够吓人的。无名氏著，《岩见重太郎勇武传》，也挺不错的嘛。”

“他很玩命地埋头研究。”哲学家喝了口茶。若狭似乎听到了他们的话，读着读着笑了。

“也未必就不能称其为资料吧？”梓端起了杯子。

柳泽斜倚着桌子，拿刀柄捅着红茶里的方糖，说：

“那倒是。在那里面能发现资料就好比筱冢在小正的净琉璃[①]里发现哲理一样。”

“胡说。”

梓从旁边说道：“不过你也曾经说过鸡肉餐馆里的姑娘言语间时而带着诗的韵律。”

三位心照不宣的朋友哄堂大笑。

“好热闹啊，柳泽。”

有人从窗户外面的花园处打招呼，靠窗最近的柳泽动作粗暴地直起身子扭过头，隔着玻璃窗向下看。

“是龙田啊。”

“都谁来了？”

“根岸的新华族[②]，进来吧。”说着，柳泽重新坐好。

话音未落，有个人攀着窗户跃了上来。可能是做过机械体操训练，他身轻如燕，将肩膀向上一提，冲着屋子露出一张潇洒的脸庞。他就是龙田，名字叫若吉。

他含笑看着梓：“饶了他吧，神月已经不是子爵了。”

说完，他抱着胳膊，依然靠着外墙。

柳泽拖过一把椅子，说：“快进来吧，刚刚好。我们刚开始讨论那事儿，也就是神月的问题，刚才稍事休息。神月理屈词穷，正盼着你来呢，他还说‘要是龙田在就好了’。”

---

① 日本的传统曲艺之一，以三弦伴奏、说唱的形式表演故事。“小正”是净琉璃演员的名字。

② 1869年，明治政府封旧公卿、大名为旧华族，1884年，以明治维新中立下功劳的人和实业家为对象，授予他们“公、侯、伯、子、男”的爵位，通称新华族。

没等听完，一脸青春活力的龙田就翩然跃入，径直插到两个人中间，手扶桌子，将耷拉下来的毛线围巾撩到身后，说："罢了。他们又拿出老一套难为你了吧，神月？"

接着又亲切地说：

"让你久等了。没事了，不要担心。你以为我干吗要上学研究法律？还不都是为了给挚友神月辩护！如何？"

"全仰仗您了。"神月半开玩笑地低头行了个礼。

龙田将他的萨摩碎白花和服外褂的胸带扎紧，说："嘿，来吧。"

"又开始捣蛋了。"哲学家两手托腮，抬起温和的面庞，一边盯着若吉看一边反复摸着刚剃过的胡须。

"我大致搞明白了。所谓的问题就是神月离开子爵家，离开他的夫人将自己关进谷中[1]寺庙，并且经常去和情人相会，你们攻讦的就是这个吧？"

"还用说？"柳泽简单应道，将小刀"咔"地扔进杂物里，叉开双腿，干脆亮明了态度。

"最初使神月和他的夫人感情受到破坏的，很不幸，是在结婚第一天，也就是举行婚礼那天。"

"没错儿。"龙田干脆利落地插嘴。

"不光你知道，我也听说了。如此一来，我倒也觉得能够理解。不过想想看，神月这边难道就没有错了吗？"

---

① 地名，位于东京台东区，有多处寺庙，谷中陵园也位于那里，所以后面神月说在那附近看到鬼火。

“什么话！哪里会有那门子事！俩人准备去新婚旅行，刚从上野坐上火车，还没听见抵达赤羽根的报站声就看到山脚下的丛林里有个东西在闪闪发光。神月无意中说了句‘哎呀，鬼火在飞’。离谷中近，他也无非是有感而发罢了，结果，他那婆娘……”

“龙田，收敛点，守着老爷在眼前呢。”哲学家打趣道。

龙田回过头说：“得罪了。”

“没关系。”

说这话的就是那位所谓的老爷——梓。

龙田士气大涨。

“瞧，她这不是自命不凡吗？‘不对，那是流星划过，是陨石。’如果仅仅如此倒还情有可原。”

“当听到神月说是鬼火时，她冷冰冰的，趾高气扬，眼神苛刻，这就是那位活像《源氏物语》里面那个怪灵[①]一般的玉司子爵夫人——龙子，也就是神月的老婆。她那傲慢、漠然的脸上挂着冷冷的笑，她这是看不起文学士呀！神月如何能不火冒三丈呢？”

“得了。做丈夫的或许会火冒三丈，但就算火冒三丈，也该设身处地替夫人想想。不仅仅限于那一次，你必须体察一下夫人看到神月的性格以及所作所为后的失望心情。过于看重世俗名誉的夫人性格固然极端，但你想想看，也正是因

① 指《源氏物语》里身份高贵、却因嫉妒而化身为怪灵的六条御息所，光源氏的夫人葵夫人被其缠身而死。

为这，她才会在她的圈子里出类拔萃，被上流社会的贵妇人像敬师长、敬姐姐那样敬重着。她可是年仅七岁就去了法国，在那边的学校里接受教育。”

“慢！慢！且慢！”

龙田手按桌子，打断柳泽的话。

“且慢！如果说她打七岁起就在法国接受教育，那这边这位年方六岁就开始在仲之町[①]受教育了，只不过眼下栖身于数寄屋町[②]罢了。”

“龙田！”

梓面带愧色地制止他。

“行了，你就干脆让我说得了，反正大家也都知道。瞧，她在法国学习，回到日本得到了一切，包括学识、子爵家的财产、宅邸、庭园和十几个奴仆。她严格规范自己的一言一语，谨慎要求自己的举手投足。她将迄今为止的二十七年中如旭日东升般博得的名誉悉数奉献给了神月，做了他的妻子。如果说这就是恩情，那这边这位也有足以敌得过这一切的地方。”

哲学家插嘴道：“你们瞧，龙田又要搬出那笛子和鼓了，哈哈哈哈……”

“太不尊重人了！”

龙田瞪了哲学家一眼。

---

① 日本江户时代有名的妓馆区。

② 位于今东京台东区，过去日本有名的花街。

“没错儿，搬出来有错儿吗？那一位在巴黎吃着面包，读着经典的时候，这边这位呢？她却在飘雪的早晨哆哆嗦嗦地被赶出门外练习吹横笛，吹着吹着就接不上气昏倒在地，还往她身上喷水让她苏醒，然后才给她两个像钢钉一样硬邦邦的饭团。回去后接着苦练三弦，然后练习伴奏，接下来还会被舞蹈师傅毒打。她身上新伤不断。到了晚上，又被比她年龄大的艺伎推来搡去，四仰八叉跌倒在地呢，还说她不成体统，被打耳光。为什么？同样生为你我的同胞，一个被留着胡须、坐着马车的人敬重，而另一个呢？只要是个客人，哪怕像马骨头一样不堪的家伙，也要吹着笛子、跳起舞蹈侍奉。夹在她们二人之间的神月难道不应该丢下那位拯救这位吗？你们看呢？更别说她无父无母，没有兄弟姐妹，没有叔伯婶母。她所有的一切不过是双手双腿、容颜、身上的绫罗绸缎以及三弦、冷酒和舞蹈。你打算拿这个可怜的孤儿怎么办？喂，就看你男子汉的气概了。”年轻人情绪颇为激动。

柳泽冷冷地说：“不对。你所谓的那种气概，消防队员不也有吗？”

正在这时，传来了将飞流直下的瀑布切碎摔下来般的声响。轰鸣声远远地从校舍深处传出，冲到地板下面，传向户外。

文学士刚才虽然始终摆着一副笑脸，脸上却挂着几分不自在的神情，茫然地听着柳泽和龙田的争论。这声音似乎使他受到很大的冲击，他惶惶不安地问：“怎么回事？刚才的声音？”

注视着梓心神不宁看向远处的面孔，柳泽问道："忘了吗，神月？"

"什么？"

"刚才那声音。那不就是给室内供暖的蒸汽吗？"

话音未落，高高的砖瓦宿舍的二楼上垂直悬挂着的导水管发出声响，一团白色蒸汽打着旋儿从深沟里腾空而起。屋子里暖和起来，玻璃窗朦朦胧胧蒙上一层水汽，让人觉得傍晚的寒冷侵肌入骨。

柳泽将一只手攥起来，冲着神月的方向搁在桌子上。

"所以说你已经忘了住在宿舍时的事了。已经有好多次了吧？每当你穷困潦倒，交不起学费，被迫中止学业的时候，不都是她用法文写信来，体贴入微地给你寄钱吗？神月，你才华横溢、年轻有为，这一点所有的人都不否认。不过，紧急关头出钱资助你完成学业的，这普天之下除了你的夫人还能有谁呢？如此看来，就不能不说她是你的恩人，又是你唯一的知己。就算不为了夫人的名誉，不为了幸福，单凭她是你的知己这一点，你的行为难道就没有一点过错吗？"

梓听了之后沉默不语地低下了头，龙田却大义凛然地重整旗鼓：

"柳泽，我不在的时候，你就是拿那些事欺负梓的吗？快住嘴。得了吧。等等！我要说的和你说的是同一件事。我不得不说那是老婆大人用法文信和些许学费收买神月。那婆娘——得罪了，就算寄钱也有限。钱的话，不就是一两千块吗？连本带利还她也不是什么难事。况且我的梓也不是用那点钱就可以买下做夫婿的人。他之所以答应做玉司家的女婿，如你所言，是因为感念她的知遇之恩。

“然而她一上去就因为鬼火和流星的事伤害神月的感情又作何解释？

“说到底她就是女子学校的教科书化身而成的贵妇人，一给她讲情话就嚷嚷头痛，从生理上讲那也不大可能吧？她这副腔调让人怎么受得了？

“告诉她鲣鱼骨头好吃，比目鱼鱼鳍部分最妙，她就会说：‘什么？那是最有营养的吗？’张嘴闭嘴都是卫生知识，让人忍无可忍。满嘴都是什么教育啦，睡眠时间啦，再过一分钟就是通知吃午饭的午炮时间[①]啦，该吃晚饭啦。哪怕丈夫得了流行性感冒，首先向医生打听的是会不会传染。这样的女人，任凭是贵妇人，任凭国色天香，任凭年长几岁，又怎么能娶来当老婆呢？

“你们动动脑子吧，什么名誉啦，品格啦，上流社会的典范啦，就算有了这些体面的好名声，也不过是个贪慕虚荣的人罢了。

“瞧瞧，就因为这样，当初和神月结婚时，有一家了解他们底细的报纸进行了报道，他们在报道中登载了大意是她老早以前就恋慕神月的文字。惹得他那老婆大发雷霆，说什么糟践了她的名誉，她无颜见人了，简直就像是说神月串通

① 东京地区通知正午时间的炮声，始于1871年，于1929年被废止。

了报社指使他们这样写。因为说了爱自己的丈夫就感到莫大的耻辱，难道还有如此爱虚荣的人吗？岂不是咄咄怪事！”龙田慷慨激昂，白净的面庞涨得通红。

“加油！”

哲学家不知不觉听得入了神，兴冲冲地给他加油打气。

“不仅如此，说数寄屋町这位和神月是神明撮合也未尝不可啊……首先自那事之后神月和夫人之间或许就有了冲突的根本原因。神月是天生的，不对，是家庭式的，对，是家庭式信仰者。他从住宿舍那会儿就开始参拜汤岛天神，进了子爵家之后也月月不落。去年夏天，他一大早就去汤岛神社参拜。他想摇响鳄嘴铃，所以就在神社门口的洗手台洗手。当班的小孩儿跟他要水钱，一摸口袋，忘记带钱包了，说过会儿送来，可对方是个小孩儿，不明事理。神月是个腼腆的老爷，涨红着脸不知所措。那当口上和他不期而遇，替他交上水钱，与他结缘的正是如今这位美人，也就是蝶儿。”

“我知道的。”柳泽无奈地苦笑。

神月难为情地说：“算了吧，都是我不好。好啦，柳泽，龙田。”

“不，你没有错。我十分赞成。女人对男人作了一点贡献，就拿着什么名誉、财产、艺术之类，扒拉着算盘珠子精打细算，说到底没有比这更狂妄的啦。甚至还要让男人感恩戴德，只能说她傲慢无礼。

“然而说到蝶儿，迄今为止她的所作所为不就很好吗？

说得浅显点儿就是能吃苦。她吃过的苦几乎能名扬天下，可以说是坚忍不拔。而对于这番经历，她所希求的回报简单到只是一味地祈求不被神月抛弃，仅此而已。不仅如此，她还一门心思地为神月梳妆打扮。男人理应报之以名誉与身体，那无聊的名誉、财产、道义之类，根本不值得为之付出一根毛发。”

“不过龙田，自从亚当、夏娃诞生以来，这世界上可不只有一对男女，比如说神月与那位美人。”

“当然，还有我。”

“还有我哟。”

“也有我。”哲学家向前探着身子，把脸凑了过来。

“加上你也没有关系。如果都是像诸位这样的人，无论有多少我都没有什么好担心的。”梓愁容满面地低下了头。

“所以说神月，你是不是应该克制一下自己的情感，与那位美人分手？”柳泽小心翼翼地劝说。

“什么话！离开子爵家，搬到寺庙里不也挺好吗？我呀，我就觉得正是因为你丢弃了爵位和你那个傲慢的婆娘，才绰绰有余地偿清了所有的罪过。借款之类的通通丢到脑后，惹毛了干脆来个不认账。如果世俗人情使你不能见容于日本，你们俩就去海外旅行。如果还行不通，就干脆上天堂去，天空上会出现两颗美丽的星。天文学家无从知晓，可是了解这段感情的人分明会发现有两颗或者紫色、或者绿色的璀璨星辰在群星中独放异彩。”

说完，龙田仰起他那张青春俊美的面庞，抱着胳膊，茶色的毛线围巾也松开了。

柳泽拍了拍他的后背：

“江户儿[①]，你还是那么的逍遥哪。神月本人可比你更懂得道理，所以我才不为他担心！”

柳泽一边不紧不慢地说着，一边小心翼翼地解开电灯罩的绳扣，电灯连接着两端悬垂在桌子上方。然后他用一只手拨开一大堆书，拿起水壶，灵巧地跃到桌子上。他高高的个子，也不脱鞋，恍如一尊铜像立在上面。天花板依然高高在上，屋子窄小，里面挤了五个人，桌子放在正中央，四周沿墙塞满书箱，门口摆着放木屐的鞋箱，此外，屋里还放着脱下来的鞋子，挂着和服，搭着外套。必须绕开这些东西才能走出来，所以文学士选择了从桌子上面越过的捷径。他这举动也太过随便，其余三人不解其意，吃惊地围在四周，一齐举目仰望，搞得国史专修学士也暂别了岩见重太郎。

柳泽立在桌子上招呼道：“喂，让开点行不？”

“你要做什么？”哲学家一脸错愕，拧紧眉头，简直像是在研究问题。

柳泽若无其事地说：“去打点开水，换一下红茶。”

“交给我，我去吧。”哲学家也赶忙站起来。

“是吗？”说着，柳泽一跃而下，轻巧地站定，只闻得

① 江户是东京的故称，“江户儿”原指土生土长的东京人，后还包含淡泊名利、侠义豪爽的意思。

“啪嗒”一声鞋的声响。

电灯泡躺在桌子上，仿佛被灌了朱砂一般“刷”地变红，倏然熄灭，紧接着放出明亮的白光，刹那间苍白的光芒四射开来。

“正好仰望星星。”龙田弯下腰将脑袋伸到桌子下面，扬起脸，睁大清澈的眼睛，说，“就这样。”

梓似乎讨厌自己羞愧的面庞被灯光照到，离开椅子闪身退到后面。柳泽尽情地伸开修长的双腿，将两腿双膝相扣搭在一起，向后仰倒，伸开双臂抱住后颈，目不转睛地盯着那只电灯泡。

这时，国史专修学士静静地提起线，漫不经心地系好，将灯吊起来，然后将手插进和服裙裤口袋，另一只手按住红色封皮的书坐下来，又开始读他的《岩见重太郎勇武传》。

三两二分

“停了，停了，还不错。”

停下来抬头看天的是位商人模样的小伙子。见到雨停了，他把叠好夹在和服袖子下的外褂抖开，轻轻捋了捋衣领穿在身上。这小伙子爱若珍宝、担心被雨淋湿的不仅仅是这件和服外褂，还有一样揣在怀里的东西。那既不是大钱夹子，也不是抱出去讨奶吃的婴儿，而是一双整木剜成的木屐，然而他却并非受尾上[①]差遣而来。这是一位艺伎买给他的新年礼物，他像护身符一样爱护这木屐，所以才揣在怀里，以防路上被雨淋湿弄脏，而他自己却光着白生生的脚丫。

大概除了下町[②]松寿司家的儿子源次郎之外不会再有这号

---

① 净琉璃中的人物，足利将军家的重臣，因得知奸臣奸计，被人用草履毒打，不堪受辱，自杀身亡。

② 旧东京的商业街，因地势低洼得名，今东京台东区、千代田区、中央区至隅田川以东地区。

人物了。

这世上，消防队员的短上衣帅气潇洒，老爷穿的带家徽的和服彰显身份，阿源则两样占全，样样不落。出去寻花问柳时穿上短褂，扎上头巾；充当俳句师傅时穿着带家徽的礼服，叼着香烟。拈花惹草、联句对歌，样样不差，自然也做得出将木屐揣在怀中这等事来。

话说阿源在黑咕隆咚的街上套上了和服外褂，却因为脚脏不肯穿那木屐，而是把它紧紧搂在怀里。

“还不错，他妈的。”他的喃喃自语里似乎也包含了两层意思。接着他又急匆匆地开始赶路。

他那张脸活像面具，面部凹陷，眉毛稀疏，塌鼻子，戴着高度近视镜，让人觉得他似乎总在打量揣摩着这个世界。这张远近闻名的脸拐过路口，被第三家店——烤白薯店的灯光照到的时候，从他身后传来了浑厚敦实的喊声。

“这不是阿源吗？喂，阿源！”

“谁呀？”源次郎思忖着转过头。

“是我。”

“哟！”

“等等！”

一位秃顶的老头儿大大咧咧地走上前来，三尺腰带系得耷拉到屁股，晃荡着两头系带的烟袋荷包。

“头儿。”

“噢。”老头儿不慌不忙地重重点了下头。这位老人住在下谷西黑门町，平时总是被人尊称为“头儿”，名字好像叫辰什么来着。具体的就无人知晓了，若说他何以为生，只是一味游手好闲，时不时教一群不知哪里冒出来的血气方刚的小伙子滚木头。

头儿紧紧盯着源的胸口。

“那是什么？”

“嗯？”

“居然是木屐！居然是木屐！不是开玩笑吧？你怎么会搞得这般狼狈？有把那玩意儿揣进怀里的工夫，应该能从从容容地钻过敌人胯下逃回来的呀。撞上什么了吧？是狗，还是人？”

“不是打架啦。”

“莫不是碰上试刀杀人的了？[①]”

“别开玩笑了。”

头儿故意哈哈大笑，说：“那么，你到底是怎么了？”他话里有话似的皱起浓重的眉毛。

源次满不在乎地说：“没什么说道。什么打架之类，绝不是那么回事啦。”

“噢——”多心的头儿连应声都煞有介事。因为他这应声太过小题大做，源次顿时显得有几分难为情。

“这不下雨了吗？那什么，溅上泥可就不好了，就这。”他重新打量了一下怀里，“嘿嘿嘿，只是个不值钱的

① 武士为试刀锋或练武，在街头斩杀过往行人，这里头儿引用典故开玩笑。

玩意儿。”

“弄了半天，”这时，头儿做出一副心领神会的表情，“就是那个呀。挺有名气哟。阴差阳错，我还没有饱过眼福，不过说起源哥儿的木屐，眼下可是颇有点名气，嗯，颇有名气哟。”

“一点儿都不值钱。”

“混账话！眼下的艺伎比起榻榻米算卦[①]，反倒更愿意拿眼睛估算，你能让她们自掏腰包，可是够了不起哟。给我瞧瞧，让我开开眼吧。”

源次情不自禁用手按在木屐上面，说：“头儿，是这个吗？”

“就是艺伎买给你的那玩意儿。”

“呀，不是什么值钱的东西。”源次心下暗暗高兴，有点害羞。

“得了吧，让我瞧瞧，让我瞧瞧。先找个长明灯给你照起来，等着哟。”

说着，头儿大摇大摆地径直走进左边的烤白薯店。这是家老店，做招牌的方形纸罩灯上用假名写着“香甜味美，欢迎购买”，下面缀着“正宗烧俵藤助”。

“老爷子哎。”头儿大大咧咧地招呼。

叽里咕噜的念书声戛然而止，挂着破旧罩灯的土屋上拉开了一扇门。

① 一种占卜方式，将簪子掷到榻榻米上，数榻榻米的格子占卜凶吉。

“谁呀？”藤兵卫趴在那里，胸口下面搁着一本京传读本。他慢悠悠地摘下铜边眼镜放到读了一半的书上，托着腮抬起满是皱纹的脸。

“是我，嗯，不是什么稀客。”

“哟，是头儿。”

“没什么事儿。老爷子，能否借你的店面一用？想用一下灯。”

“灯？就是那盏被煤烟熏得黑不溜秋的吊灯吗？”

“正是。”

“不用客气，是不是要读什么秘密情书哇？”

“哪里！是当票，没关系吧？天儿冷，关下门吧。”

他冲着门外喊：“源哥儿，进来！你怎么跟抱着个石头地藏菩萨似的傻乎乎地戳在那里？怎么无精打采的？”

“头儿，烤烤火吧。”炉灶后面传来嘶哑的招呼声。

“哟，是刺青干瘪了的老婆子啊。”

“别取笑了，刚添了把柴，烤烤火吧。”

“挺了不起嘛，好家伙。”头儿灵巧地转过身，他那光秃秃的脑袋在灶台的阴影里明光铮亮。

“哟，这边来！松寿司的哥儿们，叫你进来嘛。”

他死拉硬拽，源次不得已只好进来。

“打扰了。”

“快来快来！”老妇已经七十多岁了，手脚却毫不含糊。

“听听，老太太，你也是穿着草履在走廊里‘咔嗒咔嗒’走过的主儿[1]，怎么样？没想过要给情郎买礼物吧？他可够了不起的，瞧，怎么样？这东西够漂亮的吧！”

头儿夺过源次的“私生子”——那双表面上贴着藤条、系着绣花缎带的桐木条纹木屐，将其中一只底朝上递了过去。

“瞧，就这个。”他又将木屐翻了过来，抓住木屐带捻了一下。

“怎么了呀？” 老妇蹲在那里，手搭在膝盖上，错愕地看着。

头儿小题大做地说：“什么怎么了？这东西最近可闹得满城风雨，在这五丁町都闹出名堂来了。你大概也认识，前年在仁和加节上扮演修行武士制伏狒狒的那个大阪屋的包身艺伎。”

“是蝶吉吧？”

“嗯，如今她在数寄屋町。那个轻佻的小妞儿就爱出风头，天不怕地不怕。仁和加节时，拔剑就上，倒也没吃着什么苦头，结果她就说什么想正经八百地学剑，还向你和你家阿藤求教哩。

“她挎着竹剑，身穿练剑服，好像还系着高腰小仓和服裙裤，趿拉着个木屐到这里来。回去的时候就在仲之町横冲直撞，大肆张扬，就跟眼前这帅小伙儿大张旗鼓地四处吹嘘如出一辙。

“那也罢了，这闲得发慌的小娼妇前两天还踩着竹高跷

① 指老妇曾做过艺伎。

让学校里的学生带她到野地里荡秋千。闹了半天，先就和这小伙子坠入情网了，送了他这木屐，还说什么‘这个是我偷偷买给你的新年礼物’。你不觉得吃惊吗？就是这双木屐。”

说着，头儿又将木屐翻了过去。他将两脚在炉灶前伸开，一只手拔下银烟袋杆儿衔上，从腰间的烟袋包里有一搭没一搭地捻出烟叶。

“咦！”老妇只应了这么一声。她从前就认识那个蝶吉，越发感觉如果这个是被称为“与之坠入情网”的小伙子，也就是这位源次郎的话，蝶吉还是连这个也别送的好。她大惑不解地轮番打量着架着眼镜的塌鼻子和那双木屐。

头儿悠然自得地吐出一口烟儿，说：“不管怎么说，是个漂亮东西吧？了不得。听说很值几个钱，嗯，怎么样？够了不起吧？”

他说得也太煞有介事了，没领会得了的老妇把脸凑过去，目不转睛地盯着看：“头儿，这个样式今年流行吗？”她说了句昏话。

听了这话，头儿呵斥道：

“你这张嘴也尝过七户仓库[①]，怎么搞的？竟然说出这种话来！源哥儿，你还年轻，可不能老哇。眼前这老太太叫葛叶，过去在这花街上可叫座得很，红得不得了哟！”

“不提了吧，多寒碜人。”老妇波澜不惊地微笑着，把目光转向别处，她已经如佛陀一般超脱。

① 指老妇逛过很多商业街，见过世面。

“按老价钱算，得值二铢[1]左右吧？源哥儿，说是多少钱来着？二两二分？”

“头儿，是三块钱。”说着，源次大模大样地仰起塌鼻子。

“啊呀，是三两二分吧？好像听说缀着个二分的零头，对吧？是三两二分吧？嗯，了不起，比一张像样的围棋棋盘还值钱。如果是格子门房间的话，相当于两间房一个月的房钱哩，好吓人，了不起哟！”头儿仔细端详着木屐，可能是忘了，竟拿起木屐面“咚咚”地敲打烟灰。

源次慌了神儿：“头儿！”

“噢，这个啊。”

“说来的确出手大方得吓人。不过说起那蝶吉，有一次被客人带去中植半，那位老爷在她面前卖弄沉甸甸的钱夹子，让她代为保管，她不肯，说‘这么累赘的家伙，扔掉算了’，客人哪里想得到，就说‘嗯，好吧，把它扔大川[2]里吧’。结果可坏事儿了，后来在仲店[3]买东西时跟她要钱包，她说‘从桥上扔下去啦’，客人简直难以置信，脸变得煞白。知道吧？据说里面可装着近两百块钱哩。所以呀，送出这等礼物也并非做不出来喽。”

看头儿的做派，似乎他觉得说到家不过是一双木屐这等小事而已。老妇虽说已经这把年纪，但她那眼睑变黑的双眼还是敏锐地察觉到其中可能有些缘故。

---

① 江户时代的货币单位，十六分之一两。
② 流经东京的隅田川下游的别称。
③ 指神社或寺庙里卖东西的店铺街。

源次也不自在起来，有点惶惶难安，准备把木屐拿回来。

“头儿，别说了。”

源次装作害臊的样子，犹犹豫豫地伸出手想取回木屐。头儿一闪，将木屐换了一下手。

“这事儿用不着遮遮掩掩，怎么说你也不是害臊的年纪了。咱也不是扮相声演员对台词，如果别人问你为啥回家晚了，你就该有胆量说‘相好的留我呢’。”

“又开始说无聊话……”

“若不是那样，你怎么能把这东西带到长火盆边儿上[①]去炫耀呢？听说你前几天可是把它脱下来拿在手上闯到阿传家的柜台上去让人看。”

风向鸦[②]打了个转儿，刮进来一点北风。

“嗯。”

“当时没揍你一顿算便宜你了。”头儿狠狠地说着，骤然变了声气。

源次打了个寒战，应道：“说什么呢？”

“老太太，再添把柴怎么样？”

说着，头儿猛然将烟袋杆儿插回去，摆出一副要开工的架势。他仿佛不知道其中缘故一般，将两只木屐并排抓在手里。

看到形势突变，源次想溜之大吉，他哈下腰，抓挠一般伸出手，又缩回来，他想取回木屐却没取成，遂恼羞成怒，

① 这里借指人多的地方。

② 屋顶上测风向的装置，有鸟形、船形等。

说道："头儿，那什么，我还有事呢。"

"光着脚丫跑哇，光着脚，那样才好哩，路泥泞得很哩。"

又被挖苦了一通，源次搓着手说："我穿着走，哎，我穿上。头儿，告辞了，那个……"

"当然要穿！木屐就是用来穿的，难道还有人把它顶在脑袋上不成？也罢，保不准就有人把它揣在怀里，对吧？源哥儿？"

"我，那什么，有点急事儿。"

"急着去哪里？去哪儿？"

"嗯，就那什么，一会儿有个俳句联歌会。"源次故意摆出一副要策马离开，奔去吟诗咏对的架势。

"俳句联歌会……噢，是吗？什么？叫什么来着？你那戒名？不对，是俳名。等等，你呀，与其取个俳名，还不如取个戒名合适。咱们现在就给这木屐举行火葬，给它念经超度。"

"啊？！"

"混账！给我光着脚滚开！"

道祖神[①]

“哎呀，天儿阴得厉害呢，如此一来似乎成了给你送行了，神月。”

穿过校园里的花园，走过弥生町大门的时候，龙田望着天色说。

“本打算和你一起散散步，看样子要下雨了，我就告辞了。说起来，争论归争论，现实还是现实，你好好考虑一下，不可鲁莽行事。”

被这位比自己年纪小的朋友谆谆劝导，神月唯有点头而已。

“那就……”

“告辞。”

丢下这句话，龙田折回门内，在黑暗中轻声吟着诗，一转眼就听不到他的声音了。

---

① 护路神。

梓心思满腹地徘徊了一会儿，掉头往回走，却和对面的人迎头撞了个满怀。

“咦？”那人蒙头转向地后退几步，隔着一段距离打量着神月。

“哟，是先生噢。”他冷嘲热讽地说。

他就是松寿司的源次郎。蝶吉送他的那双宝贝得怕沾上泥巴的木屐被扔到烤白薯的炉子里焚了。不仅如此，他还被训斥了一通，颜面扫地。

遭人嫌弃的那些话，从头儿口中说出来比从蝶吉本人那里听到更加冷酷无情。再加上头儿劝诫似的说给他听，甚至告诉了他送鞋子的谜底，让这位风流小伙儿简直不堪忍受。尽管被气了个倒仰，但当被头儿揪住衣襟时，面对那位眼珠子都快瞪出来的彪悍好汉，他却不敢有半句怨言。忍无可忍，他跑了出来，被烟熏得俨然喝醉了栽倒在烂泥里一般。再一看自己失魂落魄撞到的竟是那个连模样都烂熟于心的情敌——文学士神月梓。正所谓“蛇有蛇路，鼠有鼠道”，他打听到自己死打烂缠的蝶吉又对别人苦追不舍。爱情没有贵贱之分，仇恨亦没有贵贱之别，他蓦地怒火中烧。

“哟，你这色鬼够惊世骇俗的哩，你让人怀孕堕胎，做得够到家的啊！让政府知道试试，你们两个人都得去啃泥！[1]你要知道，我明知这事却不去告发你们是大发慈悲！我撞了你，你得道歉才能走。你别把人看扁了，就算你是有学问的

① 指蹲监狱。

人，那样也到头儿了，你这色鬼也得完蛋了。”

他如影随形地傍着学士走了七八步，又开骂道：“活该，你这色鬼！我得看看你这张脸是变红了还是变青了，嗬，好一个火鸡文学士！”

他污言秽语地谩骂一通，从梓的身边跑走了。文学士仿佛不愿走了似的猛然停住脚步，可他终究没有回头。毕竟他觉得那是不足挂齿的小人物的胡言乱语。

“下雨了？”

看看天空，乌云黑沉沉的，一滴冷冰冰的雨点落在他的脸上，紧接着又是“啪啦啪啦”两三滴。

“啊……”他嘀咕着，仿佛躲避着不被雨点淋到一般东摇西晃地迈着步子。

一开始雨水只是轻轻滴在房檐排水槽上，转眼就噼里啪啦地敲打房瓦了。

“好讨厌！”

眼见着雨越来越大，“哗”地一阵注下，又“哗”地一阵注下。雨劈头盖脸地浇进树叶间，寂静的天空笼罩在雨中。

神月的身影消失了。

纪伊国屋[1]

毛玻璃瓦斯灯上写着“御待合[2]歌枕[3]”。灯朦朦胧胧地照着一个姑娘的上半身。灯光照在她的后背上，显得她身上的防雨斗篷格外鲜艳。她从格子拉门中闪身而出，转眼来到柳树下，缩着肩膀撑开一把簇新的蓝色蛇眼花纹伞。她站在那里，脸被伞遮住看不清楚，中等个头，身材苗条，桃红色的绉绸整幅腰带紧紧地束着她纤细的腰肢。她脚穿白色短布袜，小巧的高木屐上紧紧扣着黑色木屐罩。她咔嗒咔嗒走了两三步，花岗岩上响起细碎的脚步声。头甫一离开房檐，她就伸直了腰，仰望着天空。

那里停着一辆人力车，车夫坐在踏板上等活儿，看到来

---

① 歌舞伎演员泽村宗十郎和他的门派的通称，这里指该门派演员泽村源之助。

② 指专供招妓游乐的酒馆。

③ 指和歌中吟咏的名胜，这里是酒馆的名号。

了主顾，赶紧站起身来，忙忙地掀起漂亮的车帘。写着“巳之屋”的招牌灯笼挂住车把搁在地上，灯笼放出簇新的光。透过蜡纸，连一根根的灯笼骨架都干净漂亮。

“呀，不下了啊。”

姑娘轻轻收拢蛇眼伞提在一只手里，露出一张姣好的面孔，高鼻梁，鹅蛋脸，清秀端庄。她体态轻盈，提着窄窄的裙子下摆就想跨过车把。

“这边请。”

车夫弯下腰，麻利地接过蛇眼伞。她刚要上车，传来了“咔嗒咔嗒”敲梆子的声音。柳树那边的黑墙前面出现了两个头上和脸上蒙着头巾的人。

“嘿，捡诸位爱听的来上一段儿，尾上菊五郎[①]、泽村源之助。”他俩招呼着站到了人力车的后面。

这时，板墙上面二楼的拉门上清楚地映出一个人影儿，那人拉开门来到走廊上，隔着灌木丛的树梢喊道：“喂！”接着抛下一个缠好的纸包，纸包划过空中，掠过墙头上充作防护网的钉子，“啪嗒”一声落在那两个人跟前。

“哎，来一段‘鼠小纹春着新行’。神田的与吉其实就是鼠小僧次吉郎，相好的是倾城松山。”

说书人顿了顿：

“镰仓山的大小名[②]，以和田北条为首，佐佐木、梶原、

① 日本著名的歌舞伎演员。
② 日本古代的诸侯。

千叶、三浦[①]，还有当时一臈别当[②]的工藤家，我每家都光顾过三两回，手气好时能捞个一千两千，少的时候也有个一百两百，从没走过空。而且我又把盗来的钱财送到那些穷得出了名的破落人家。我虽做过坏事，却讲义气，可谓那‘一根筋的盗贼’，你先前不知道倒也罢了，知道了我这般身世，只怕是要弃嫌我。”

“怎么会弃嫌你呀？正所谓‘萝卜白菜各有所爱’，我打小儿就厌烦人家喊我小姐，比起那油梳的高发髻，我宁愿梳成扁岛田髻；比起那富丽堂皇的印字和服，我宁愿粗布棉袍；与其被人称为少奶奶、夫人，我宁愿被唤作婆娘、家里的。我抛弃父母，与父母恩断义绝，做了你的老婆，无论你做了什么，我又怎会弃嫌你！”

菊：“如此说来，你晓得我是盗贼也不会弃嫌我？”

源：“我愿意和你长相厮守，就是天生的一对儿。”

菊：“你做了夜盗鬼的老婆？”

源：“就权当和夜里摸进旅店的小贼在一起。”

菊：“你既有如此好胆量，哪怕我明日被擒拿？”

源：“哪怕你被官府押刑场。”

菊：“人生苦短紧相随。”

源：“齐死于枪下，来世也相依。”

菊：“今生不分离，哪管纸幡[③]扬。”

---

① 以上均为日本豪族。
② 日本官职名称。
③ 江户时代抓到犯人游街时，旁边放置着写有犯人罪状的告示。

源："曝尸荒野边。"

菊："昭告[1]立街头。"

源："思来人生恍如梦。"

"纪伊国屋！"突然，从身后昏暗的院子里传来娇滴滴的喊声。

"呵呵呵呵……"，女子轻浮天真地笑着，又喊了一声："纪伊国屋！"依然是那副轻飘飘的、令人神清气爽的脆嗓门。她像是喝醉了酒，摇摇晃晃走到两个假扮名角儿的说书人身后。

"好高兴呀。"说着，她大大咧咧地拍了一下其中一人的肩膀。那人也吃了一惊，不出声地发起了呆。女子又天真地笑起来。

"呵呵……"

"呀，是阿蝶！"倚在二楼栏杆上的人不由自主地起劲儿喊了起来。

女子抬起头，

"晚上好！"

"神月先生来啦！他来啦！"说着，那人消失在拉门里。

"哟，谢谢您了。"

被吓掉了魂儿，茫然不知所措的说书人慌乱中晕头转向，反倒朝身后的人道起了谢。

① 处死犯人时，要在行刑后三十天内在街头竖起告示，历数犯人姓名、罪状等。

“哟，谢您了。”

“嘿。”

说书人转身离开，女子连瞅也不瞅一眼，斜着身子踉踉跄跄地穿过柳树下面，来到门口。

“阿蝶！”

“哎！”

“当心哎！”

“是阿才呀。”

“挺开心的嘛。”说着，阿才轻巧地坐上车，放下车把，从车上喊：“再见！”

“锵锵锵锵……咚咚”，女子用纤纤玉指轻轻地叩着柳枝低垂的树梢给阿才看。

“嗯。”阿才在车上应了一声，似看非看地转过脸去。车夫立即拉起车，招牌灯笼在暗夜的小路上如流星一般倏然远去。

“锵锵锵锵……”女子轻声哼唱着，啪嗒一声拉开格子门。与此同时，里面拉门也被打开。

“怠慢了！”刚才在栏杆旁的那个女佣麻利地打着招呼迎了出来。

柜台上的灯光和招牌灯交映着一位美貌的姑娘，她就是下谷数寄屋町的蝶吉。

她系着深灰蓝底儿、上面绣着金色雏菊的素花缎与黑贡缎正反两拼的腰带，穿着瀑布条纹的绉绸和服，里子和下摆清一色的褐色。她套穿两件一样的和服，里面穿着红叶夹轮形花纹的友禅绸长衬衫，配以大红的里子，外加一截黑地白桔梗花的衬领。

她刚刚洗过的秀发盘成大大的扁岛田髻，蓬蓬松松的发髻上横插着一支金簪，上面嵌着半寸见方的珠子。簪子插得很深，外面只露出一点。眼睛水灵灵的，眉毛之间不见一丝阴霾，年纪轻轻，却不施脂粉，只涂了口红。珠圆玉润，并不瘦削，却拥有自幼习舞，引以为豪的身段。

迎出来的女佣以为她会向前扑倒，连忙闪开，说："哎呀，好危险。"

蝶吉跌跌撞撞地脱下整木剜成的木屐，趔趄着栽了进去，差点撞到拉门上。她闪开肩膀，向后退了一退，扬起脸看着电灯，站稳后呼出一口酒气，兴致勃勃地笑着招呼：

"晚上好！"

楼梯

“阿蝶，得让你请客喽。”老板娘从柜台上招呼道。

这处酒馆的房间器物，以及他们的待客之道，哪一样都算不上排场。五人一席的坐垫中甚至找不出两张一样的。不一样的碎花，不一样的蔓藤，都是些劝业场的货色。拿出放杯洗、海苔和酒壶的桌子，也似乎是将牛肉店的矮饭桌中间空洞用原木塞上那样的构造。尽管如此，它的房费却未必便宜。尽管没有可取之处，但老板娘俨然哥哥和他的情妇一般，加之女佣都小心谨慎，守口如瓶，值得信赖。所以，那些害怕身份暴露会有损体面的客人时不时地出入其中。

并不见得有三角形就能严守秘密这样的数学原理，可是歌枕的老板娘眼睛是三角形的，鼻子是三角形的，嘴巴是三角形，就连拔过的眉毛也呈三角形。她下巴尖尖，颧骨突起，宛如倒三角的脸盘上，那些三角形恰如其分地各就各位。她撩起泛白的丝质和服外褂的衣襟，将戴着扁金戒指的手从长火盆边上松开，从坐垫上晃悠悠地站起身，只见一只家犬也霍地站了起来。

狗将黄铜项圈儿摇得叮当作响，“沙沙”地穿过榻榻米，贴着蝶吉的裙摆，箭一般蹿上前面的楼梯，飞奔了上去。

这只狗深谙主人一举一动的含义，如今看到主人从坐垫上起身，便敏锐地察觉到主人要上二楼，于是赶在前面飞奔上去。它只上了五六级台阶就迟疑地回过头来等候，三角形的主妇也优哉游哉地说：“来，到二楼去。”

“您快点过去吧！”女佣在一旁催促。

蝶吉宛如下雨的早晨被雨水打湿的樱花，连眼皮都洇上了红色。

“我不要嘛。”她闹别扭似的晃着肩膀说道。

“好了吧？快别说那样的话。”

“横竖……”主仆二人一本正经地从左右两边笑意盈盈地看着蝶吉的脸。

“人家怕狗嘛。”蝶吉盯着楼梯笑道。

主妇大大咧咧地走上前来，抬头看着那只虎视眈眈待命的狗，将左手缩进袖子里，再伸出手指一指，小狗就如同被电击了一样，掉转头一溜烟儿地跑了上去。

“不可以！”

刚一说完，蝶吉就抬起一只脚踩在楼梯上，两手拄地，拖拉着裙子，“啪嗒”一声脸朝下栽倒，结果她那袅娜的身体就像被捆绑住一般躺倒在楼梯上。

“危险！”

“哎哟！”

蝶吉对这异口同声的尖叫充耳不闻，就地伸出胳膊：

“不可以！不可以！不可以嘛。”

她拖着两条不大听使唤的腿：

“这畜生，竟比我先上去了，哪有这道理！”

“过来！”梓轻叩膝盖，回过头来。

在楼上入口，来回转悠的狗听到呼唤毫不犹豫地冲了过去，连忙将前爪搭着梓的和服袖子，轻巧地跳上他的膝头。

“我说过了不可以的！哎呀！”

“真是个不懂礼数的东西！岂有此理，讨人嫌！你是个什么东西！”

蝶吉站起来，稳住发飘的身体。

“你和谁打过招呼了？畜生，还不过来？讨打！”说着，她扬起衣袖，举起手。然而她光是站在那里都懒洋洋地。

“谁愿意来讨打？”

梓低下头，故意冲着狗的脑袋说。

“不要，不要，我不要嘛。赶紧把那东西打走嘛。”

“好怕哟，有个大姐说要让人把你打走呢。”

“好可恶呀。”

梓笑嘻嘻地拉起狗的前爪，狗目光炯炯地张开嘴，“汪汪”叫了两声。

“看它恼了吧？”梓侧过脸回头说。

“你干吗要这样，听人家说嘛。哎，真烦人。”

尽管蝶吉捶胸顿足，梓却若无其事地不加理睬。

“真可恨！”

说完，蝶吉侧过身，扭动着身体，不管不顾地用手掌“咚咚”地拍打楼梯旁的墙壁。喝醉了酒，又做这么激烈的动作，她膝盖一软差点瘫倒，好不容易才挺住。她用手抠抓着墙壁，背过脸，长吁一口气。

“怎么了？”

有人跑上楼梯，是老板娘听着声音不对头赶了过来。

“哎呀呀。”

“净发牢骚，甭理她。你就是先上来，横竖也没什么要紧事吧？”

“为那事啊？哎哟，这挑剔得也太过了。冬！”

小狗汪汪叫着立起了前爪。“冬”可能是这只狗的名字。

“过来，过来，快点！”

“算了，老板娘您请这边来。”

“不过，尊夫人（指蝶吉）又该不痛快了，呵呵……”老板娘站在那里，把三角形的嘴笑成了圆形。

“哪里话！好没意思。”

“是，是。”

老板娘把手搭在膝上弯下腰，戏谑似的点点头，冬很好地领会了她的意思，放下前爪，耷拉下尾巴，扁平的狗鼻子与老板娘的塌鼻子恰恰隔着榻榻米遥遥相对。

“噢，好了好了。”老板娘点了两三下头，“那我就叨扰了。”

话音未落，蝶吉将地板“咚咚咚咚”跺得山响，她从墙壁那边出其不意地喊道：“不要！不要嘛！”

老板娘吃了一惊，向后退去：“呀，抱歉，不好意思。”

蝶吉像要把发髻摇散了似的摇晃着贴在墙上的岛田髻，说：“我不要！不要嘛！”

“她哭了呢。哎呀，怎么会这样？吓死我了。”老板娘将手按在胸前睁大眼睛，说，“这让人无奈的小娃娃哟。”

“好歹请多费心，真麻烦。”梓将冬从膝盖上扒拉下去，端正了姿势，郑重其事地说。

“好了，你呀！”老板娘也一本正经地把手搭在蝶吉后背上，蝶吉却胡乱地甩开，说：“不要。”

“你不该这么拧着。那位都来了，你还有什么不称心的？瞎闹心！妈妈可闹不懂了。”说着，给了她一巴掌。

“痛啊，好痛！”

“净瞎说。”

“不要嘛。”

“你说说你不要什么？哎哟，你这人真让人上火哟，妈妈可不管你了。”

蝶吉颤抖着喊：“姐姐！”

“阿才早就回去了，她不在。好吧，好吧，再不听话，我就来这个了。”

“哎哟!”

老板娘一个劲儿地胳肢她，也不管蝶吉如何地扭动身体。突然，她吃惊地抱住蝶吉的肩膀，说：

“哎哟，真的，老爷，她真的哭了哟。对不起，对不起，真对不住。我还以为你只是因为高兴，没有想到失手闯了祸。真对不住。”

老板娘后悔得不得了，扳着蝶吉的肩膀伸着头看她的脸。结果蝶吉的脸红扑扑的，还把水秀的眼睛眯成一条缝儿，一副我见犹怜的模样。她妩媚地一笑，说：“好高兴！”

蝶吉巧笑嫣然地转过头，眼波在老板娘的脸和神月的脸之间顾盼流转。

“这混账！”老板娘嘟囔道。

“人家痒死了嘛。再胳肢下去人家就没命了。你好过分，人家最怕这个了嘛。”

说着，蝶吉若无其事地离开墙壁，拍拍裙裾，重新站好。老板娘从背后推了她一把，说：“可恨极了！”

墙上浅浅地印着她呼吸的印迹，湿湿的唇印也隐隐留在上面。蝶吉的身体宛如拓印下来的源之助[①]的画像，被老板娘推到了房间正中。她脚下没站稳，扑倒在男人身边。

蝶吉恰好枕在梓的膝盖上。她想一只手支着站起身，却没能支撑得住，倒了下去，半边脸被遮住了，那件印着轮形花纹

① 指歌舞伎演员泽村源之助。

的友禅绸长衬衫的下摆凌乱不堪。她衣衫不整，妩媚妖娆。

男人并不抽出揣在怀里的手，紧皱着眉头说：“你这成什么样子？”

“挺好的嘛。”

“好什么？老板娘看着呢。”

“挺好的，对吧，老板娘？”

“怎么说呢？”老板娘谨小慎微地回答。

老板娘愣头愣脑跑过去介入也太唐突，但就那样退回楼梯又有点窝火，结果只能眼睁睁地看着。

“你就是说不好我也没办法。”蝶吉故弄玄虚地把纤纤玉手放在榻榻米上，“我已经筋疲力尽啦。”

“好重。真没办法。喂，你正经点儿！”梓毫不顾惜地晃着她的双肩，那架势简直要把她晃下去。

“哎呀，头发散开了。”蝶吉略略躺好，抬起一只手仰起脸按住梓的胸口，心荡神驰，喜不自禁地说：“头发散了，得怪枕头——哎，老实待着别动，求你了。”

“跟我有什么关系？岂有此理！”男人故意呵斥道，想把她甩下来。

蝶吉合上双眼，闭着嘴，蹙着眉，装出一副难受的样子，说：“头痛嘛，头痛，人家头痛嘛。你好过分。”

“扯谎。”

“您胳肢胳肢她。”老板娘急躁地跺着脚。

神月默默地看了看老板娘，低下头，说：“算了，太不像样了。一胳肢就叽叽嘎嘎，吵死人。”

“哟，看来您常胳肢呢。”

“哎，什么呀，没劲！说哪儿话！来，老板娘，喝一杯，这边请。”

神月借机将一只胳膊肘支到矮桌上，总算多少自在点儿了。他拿出那只不得已揣在怀里的手取过酒杯，倒上酒，说：“请喝。”

“不，不劳驾您了。您这么来糊弄我可不行。来，不开玩笑了，我让人打点一下，让她睡吧。她当真是喝醉了，看上去很难受。”

老板娘一副洞悉一切的神情。神月不动声色地说：“我这就回去，您哪里话。”

“所以，也没人对您道‘晚安’呀。”老板娘嘲讽似的一字一顿地说。她始终站在上楼梯口处，也不看那酒烫得如何，打算转身下楼去。突然，蹲在矮桌边上一处灯光照不到的角落里的冬一跃而起，晃着项圈儿蹿出了房间。

“在哪儿被灌成这个样子？”

神月搁下酒杯，把手放在娇小的姑娘的胸脯上——没承想那酒杯竟把老板娘打发下去了。

蝶吉动也不动：“不知道。”

“怎么可能不知道！”

“不晓得嘛。”

说着，蝶吉睁开水灵灵的双眸，喜滋滋地凝神打量着年仅二十五岁的男人那端庄俊美、朝气蓬勃的脸。

“那我不说被灌醉了。在哪里喝的？这回总该知道了吧？”

“你又要训我了。讨厌！你别那么一本正经的……我只不过喝了一点儿酒嘛。”

说着，蝶吉背过脸去，隔着和服去捏被她当枕头的神月的膝盖，可那膝盖太硬，指尖捏不住。想把绸缎弄皱，她半抓半摸地拿指甲摩挲着，笑呵呵地说：“没事儿的。只是一点点，而且是偶尔一次，不要紧啦。”

“不要紧？是啊，就算要紧谁又能说什么呢？酒是你自己要喝的，醉的也是你，对吧？艺伎蝶吉就算喝醉了也与我无关。我有什么好责怪的！”

说着，他推了一把蝶吉，酒壶碰到了和服裙裤，在托盘上滴溜溜地打着转。倒了一杯，喝了一半的酒洒了出来。不必赘述，那是因为酒壶滴溜溜打转的时候，恰好被蝶吉起身碰到了的缘故。

蝶吉紧贴着梓侧身坐起来，头发都快蹭到梓的和服外褂袖子上面了。她一本正经地把手放在膝盖上，将脸凑了过去，说：“您说得好奇怪，好奇怪，您说什么来着？”

蝶吉凑到跟前，梓又把刚才滑到一边的酒壶重新拖到手边。

“劳驾先给我倒杯酒吧，酒都冷了。”

“嗯。”蝶吉应了一声，若无其事地看着他。

“怎么样？不让我喝吗？怎么了，蝶儿？这里有个麻烦透顶、居心不良的家伙非得让你给斟酒，不愿意吗？”

“哎，当然可以。”

梓拿起酒杯，甩干，说：“很好。可以的话，请倒上。”

“哎呀呀，方才托我们店里的人捎信儿说想让蝶吉姐斟酒的就是你吗？”

“正是我。”

“噢，你的话，心眼还不坏，可以的。来，尽情畅饮吧。可别喝得烂醉，否则，你老婆又该挂念你了不是？”

“晓得了。不过压根儿没有那回事儿呀。”

“没有也很快会娶上啦。多花点心思，一准能娶上。这一点你可得弄明白哟。”

“是！”

“说到底，你模样俊美、温柔体贴。不妙的是你满腹经纶，还是别做出博学多才的样子吧。你像个贵公子，为人谦和，天真纯洁，招人喜爱，亲切随和。非但如此，你看上去诚实可靠，是个令女人痴迷的风流情种，不是个好东西。四面八方的女子为你轰动、不得安生。可怜的蝶吉一个劲儿地为你担心。你是何居心？你这居心叵测的家伙，我们可不能坐视不理。”

蝶吉一边用好听的嗓音怪声怪调地模仿着警察的声音，一边从束着拼色腰带的丰满的胸部下面取出一面小镜子，对着镜子把散落下来的头发梳了上去。她取下发梳权作铅笔。

“喂，就像先前蝶吉玩花牌时那样先给你记到警察的本子上。老老实实报上你的住址和姓名！敢撒谎可没你好果子吃。喂！”

蝶吉拼命忍住笑，鼓起小鹅蛋脸，紧闭双唇，一本正经。起初也想跟她一起嬉闹的梓觉得她闹过了头，说：

“什么呀，傻里傻气的。”

“喂！竟敢跟警察说‘什么呀，傻里傻气的’，你好大胆！”

“适可而止吧，啰里啰唆的。”

蝶吉捅捅他的膝盖，说：“哎，扮警察玩吧，好玩极了。”

梓也不好斥责他，苦笑一番，说：“你可真够逍遥的。”

彩球之友[1]

神月梓是一名文学士。即便在同窗好友之中，他也以温文尔雅的气度、俊美的容貌和渊博的知识闻名，堪称人中翘楚。和夫人因为鬼火、流星之事发生冲突以来，他一直郁郁寡欢。最近他搬离夫人身边，在谷中的寺庙隐居，但毕竟身为子爵家的女婿，华族的老爷，所以在世俗眼中，这样的身份，他不该如这般出入花街柳巷。

倒不是说地位高、有名望的人就不能狎妓。如果能保留客人冠冕堂皇的体面且又问心无愧的话，世俗尚可对其网开一面。然而以梓这样的身份，竟然自甘做小伏低，见到酒馆老板的老婆就称“老板娘”，对待艺伎也从不呼来喝去，而是称作“蝶小姐”、“你”。想来也唯有说他是自轻自贱了。

至少这位年轻俊美、衣冠楚楚的文学士也会时不时地躬

① 彩球是日本女孩子的玩具，“彩球之友”指梓小时候的伙伴是女孩儿。

身自省，羞惭不已，哪怕他仅仅是和蝶吉两个人四目相对，并不为外人所知。

梓出生在旧仙台，是一位漆匠的儿子，他并非生长于富庶之家。他被支使着常去跑腿的那家批发店的老板、来他家订货的外地大叔、隔壁的军官太太以及对面当铺的掌柜，没有一个人不喜欢他。尽管如此，他尚未有过被别人施礼的记忆。他是在见到人先行问候这样无奈的环境下长大的。

不仅如此，他的母亲还是从江户迁去的名艺伎。他母亲的妹妹一家时隔不久也来到仙台投奔他们，而这一家人也运道不济，不到一年男主人就溘然辞世。家里没了顶梁柱，留下的两个女儿便双双沉沦苦海。许是前世因缘，梓父亲的姐姐有一个女儿，比梓年长，她也同样落到不得不操此营生的田地。如此一来，他三位要好的表姐妹——论年纪有姐姐也有妹妹，没有一人成为有身份的小姐，也都没有嫁人，自然谈不上当夫人了。她们统统是被世人唤作“畜生”的低贱身份。

母亲英年早逝，不久父亲也亡故了。父亲留下遗言说梓还有一位亲姐姐，因为家庭原因，生下来就被送给人家做养女，还约好彼此不通音讯。多年以后，风闻她们一家也颠沛流离，她也同样沦为艺伎。给父母送完葬，七七四十九天时，他的姐姐寻上门来，说是尽管知道内情，但羞于见人，所以始终没有联络。当时她已做了富商的爱妾。梓家道艰难，全靠姐姐给的零花钱和表姐妹三人掏龙腮似的筹得些许银钱才办完了祭奠。

他读完小学升入初中，直到刚刚升入高中期间的学费，都是父亲敲骨吸髓般挤出来的。他的表姐妹们为自己的悲惨遭际伤心欲绝之余，说是这一家子里至少还有梓这个男子汉，纷纷拿来石笔，买来算盘。可爱的小表妹还送了他支花簪穗子，说是当书签蛮好看，还说梓小小的洋服很合体，想和他一起拍照，结果被姐姐训斥了一通。

放学归来，如果碰上突然下雨，十字路口就会有个撑着蓝蛇眼伞的艺伎走出来，拉起他的手，合打一把伞回家。八九岁年纪时，梓颇受男孩子们的疏远。人皆谓“竹马之交”，梓却唯有彩球之友以及羽毛毽子之友而已。

父亲亡故之后，托赖姐姐的造访，梓得以完成高中学业来到东京。学费都是假姐姐之手，从她那丈夫口袋里掏来的。然而学业半途、壮志未酬之际，仅仅比梓年长两岁的姐姐就追随父母于九泉，如同一朵纯洁美丽的山茶花凋零于壁龛的花瓶之中。

最终他那三位表姐妹卖件发饰，卖根腰带，卖个戒指，好歹凑了二十多元钱，可还不足他两个月的学费。可怜她们一个得了眼疾，一个发了疯，听说还有一个被人带去了北海道，自此下落不明。

就是因为这样的际遇，梓自幼就出没于红曙绿暮，穿梭于花街柳巷，对风月场所早就习以为常。不过，他无论是因为思念寻访还是有事上门，所去之处，对方要么是包身艺伎，要么抽成分红，一概都有主人，所以他只好向柜台上单膝跪坐的老板娘问安，还得向里间穿着薄棉睡衣歇晌的老板鞠躬。

单单这样说，听起来似乎梓实在太窝囊了，不过别人的奴仆不等于自己的奴仆。

倘使看到门房书生给客人取鞋送应，来客就妄自尊大，以为对方顺从自己，那恐怕就太不懂规矩了。因为取鞋是对主人尽的礼数，并非是对来客的尊重。

艺伎也一样。只有当你是客人，多赏酒钱，付过嫖资，才可以喝令她们弹奏、饮酒、放歌，才可以命她们斟酒，把她们看做从事低贱行业的人加以藐视。不过如果她们动了肝火，“砰”地将你拒之门外，你就只能好比吃了枪子的鸽子一般惶惶退下。此时，客人无论工商文武，唯有自叹一败涂地而已。更何况她还有可能被人花钱带走，压根对你不加理睬。

至于忘八老板、酒馆老板娘之流，如果你不是狎妓客人就不会受到他们的礼遇，你若作为普通人来访，按理也就必须对他们点头致意了。

倘使你是妹妹，纵令她是妓女，你为淑女，那她仍是你的姐姐。纵令对方是山贼，倘使你迷了路，他丝毫未加害于你，反倒是你向他问路，得以下山，那他就是你的恩人。如果说他贻害于世加以告发，恐怕就会天理难容。然而有人竟跑去告发，过后遭人报复，浑身糊血倒地挣扎，恐怕就是戏剧也没有哪个名角儿愿意揽下这等角色。

从母亲算起，姐姐、表姐妹们，这些支配梓幼年时期七情六欲的人都是些苦命人。虽然在天下人面前他不必有所顾忌，然而命运多舛，回想起来实在遭际坎坷。

入浴归来

梓来东京之后，在这片土地上最为眷恋的就是汤岛了。而在汤岛，最让他迷恋的又是倚着铁栏杆，凝神远眺那被四方形房子包围着的天神下一隅。

那种眷恋恍若重温前世的梦。他并没有在此做过什么，只不过据说天神下是他母亲出生的地方。这个远离故乡，独自栖身于宿舍中的美少年生性腼腆，不谙世故，多愁善感。有了那么一层原因，每当他看到附近古香古色的房檐，就会浮想联翩地觉得那或许就是母亲曾经居住过的家。每次梓抓住神社的鳄嘴铃时，都会感觉十七八岁时的母亲或许也曾用手触摸过它。当左侧一排排二层楼房的栏杆上面晾着红绸里子的和服时，特别是当夜里的拉门上映出穿衣镜的影子时，他每每满心欢喜却又惆怅落寞，忧伤和依恋之情油然而生。他时常独自伫立在那里，久久不愿离去。

眷恋也好，思念也罢，不过是幻影而已，就如同碧海上空的云彩一样不可捉摸。然而有一天，那幻影竟然出现在眼前。一位支配了梓的情感，换言之就是值得梓倾注所有的思慕、所有的眷恋的菩萨现身了。她温柔、尊贵、气度不凡，就像妇女们信仰的观世音菩萨一样端庄神秘。

那时梓尚未收到玉司子爵家的小姐、现如今成为梓的夫人的龙子的法文来信。当时适逢姐姐过世，表姐妹们颠沛流离，他为学费一筹莫展，只好暂时退学搬离宿舍。那期间承蒙朋友夫妇照顾，借住在他们租住的大杂院里。可惜那朋友也穷困潦倒，不日被房东驱逐，不得已搬离了那处宽九尺、长两间的蜗居。那天，怀才不遇的梓又同往常一样，在汤岛神社院内彷徨，百无聊赖地倚着栏杆打发时间，傍晚回家时，在路上遇到了朋友夫妇，他俩跟在一辆排子车左右，雇人拉着车走过妻恋街。

“我们搬到了天神下的××号，随后过来吧。”

“神月，刚才我们把这辆车拉不了的破烂儿寄存在隔壁了，你雇辆车一块儿捎过来吧。”

说完，两人优哉游哉地告辞而去。得知了他们的心意，梓赶回了以前租住的同朋町的大杂院，收拾好剩下的行李，再加上自己的书桌之类，双人车是装不下了，便又雇了一辆排子车。

到天神下的路并不远，神月便手提着油灯在前面带路，然而穿过男坂后，却找不到目的地了。

不知是对方说错了还是自己听岔了，他拿着记下的地址向当地人打听，却无人知晓。他跟着排车转悠了两三小时。天黑了，天色暗了下来，车夫牢骚满腹地训斥他，嫌他太糊涂，然而如果现在再折回去，就连睡觉的地方也没有了。正当梓孤立无援、走投无路的时候，又有警察过来呵斥说他们没有点灯。车夫正一肚子的火，就没好气地对他说没有预备灯，让他把手里的油灯点上，而且嘴里还不停地嘟囔，嫌他糊涂。

落到这般田地的神月梓在暗夜里的街上，手提点亮的油灯走在排车前面。他问遍了天神下的角角落落，他向拐角处的酒店打听，又向香烟店的人问询，就连米店的窗口都没有放过，然而所有的人都说不知道。而每当别人说“不知道”时，身后的车夫就咬牙切齿地咒骂。梓的忍耐简直到了极限，可偏偏又下起雨来。

梓面色苍白，心急火燎，额头暴起了老高的青筋。他素来和顺，不与人较真争吵，总是默默忍受，将不快压在心底，可如今他终于忍无可忍地爆发了。再加上他敏感细腻，被气晕了头，心里盘算着干脆把手里的油灯砸到排车上，将它砸成粉末，油灯里的煤油会引燃熊熊大火，将眼前的一切付之一炬。眼下这个少年完全干得出来。

这时，一个印着家徽的黑色绉绸外褂出现了。她身着家常衣裳，腰上系着一条桃红色腰带，领口松松地耷拉下来，脚蹬一双整木剜成的木屐，木屐很高，显得她风姿绰约。刚刚洗过头发，手里拿着湿毛巾，嘴衔着红绸米糠包。蝶吉一边梳理两鬓的秀发一边拉开写着“瀑布澡堂”的门走了出来。当时她刚从仲之町出来，想另换一家雇主，就暂且住在这附近一家相识的荐头店[①]里。

年仅十七岁的她在那年初夏，在一场洗尽残春的大雨之前，在漆黑的街上与梓萍水相逢了。一只蝙蝠飘飘悠悠地贴着地面飞过，米店早已打烊，只有两三束灯光透过商铺的绳帘静静地洒向门外。她看到米店后面站着一位白净的少年，手提油灯面朝着这边沉默不语。梓当时想必连秀美的眉毛都要倒竖起来了，他正准备将油灯抡向车座。蝶吉具有江户儿的秉性，最看不惯低眉垂眼的沮丧模样，厌恶这更胜过蝮蛇。她不怕生人，年纪又轻，我行我素。所以当她看到那个儒雅的年轻人青筋暴跳、血冲脑门的模样时竟有些喜不自胜。察觉到其中必有缘故，她招呼道：“您这是要去哪儿呀？”

一盏红灯划破暗夜。灯光下，装满破烂的排车和车夫黑魆魆的身影后站着的年轻人手提油灯走上前来：“在找房子。”——因为情绪激动，他的回答听上去硬邦邦的。

蝶吉笑吟吟地盘问着缘故，亲切殷勤。

“是吗？今天刚刚搬来的吗？对了，是不是一位扎着整幅腰带、系着围裙、长得胖胖的老爷？还有一位穿着挂领子夹衣的漂亮太太？那就对了，他们就住在那边。”说着，她拿手里的湿毛巾指给他们看。蝶吉住在那处大杂院当街的荐

① 帮人介绍工作的地方。

头店里。

入口处的荐头店的隔壁是家局促的盐酥饼干店，对面的拐角处有家兼制作花簪的临街排屋，两家店之间有条过道，走到尽头便是一堵黑墙。沿着墙向右拐，有间漂亮的格子门房子，里面吊着供神灯。不是这一家。再向左走就是后檐廊，檐廊一角有间木头屋顶的小房子，远远望得见里面的石墙。那就是梓要搬来的地方。

这个角落藏在松荫柳下，蜷缩在大房子的阴影里，又被两座连在一起的两层楼房遮住，从男坂上压根儿看不到。射箭场被拆除之后，站在铁栏杆处俯瞰，尽管就在眼皮子底下，却是连屋顶也看不见。那处房子隐藏在天神下与世隔绝的一隅。

幻影

花簪店与饼干店之间的那过道处有个木门。与所有禁止洗尿布、刷旧木屐、洗脏东西的水井一样，管事的规定严禁捡破烂儿的进入，夜里十点必须准时关门。

梓搬过来后的第五天夜里，过了十点他才回来。来到木门处，门已经锁上了。对面的澡堂子里传出了刷地板的声音，周围的人都睡下了。男坂下的心城院院门也已关闭，柳荫森森。山路那边传来吆喝声和人力车疾驰而过的声音。亏得可以从饼干店的店堂穿过，去到后面的排屋，所以木门上锁之后，人们大多如此。老板娘发现了梓，十分明白他的意图，遂招呼道："读书的少爷，请提着鞋从这边走。"

梓难为情地背过脸，正打算从店门口穿堂而入的时候，蝶吉也手提木屐从后面走了进来。梓和前些日子碰到的那位美人不期而遇，两个人在门口擦肩而过。她飘然走过，和服袖口飘出的红色长衬衫差点缠上梓的手臂，熏香的气味扑鼻而来。两个人面面相觑。

“不好意思。”

“……”

“请过来玩儿。”

说完，她也不等梓回答就快步走了过去。

“大婶，打扰了。”

她打着招呼，“咣当”一声打开荐头店的大门走了进去，门上的铃铛叮当作响。蝶吉今晚是从住在后面的常盘津（净琉璃音乐的一种，创始人名为常盘津文字太夫，于1747年创设）师傅那里玩耍归来。

不久，梓就收到了法文来信，搬离了这处隐蔽的住所，再次回到宿舍的书桌旁，翻开拜伦的诗集，肃然读书。然而较之从前，他越发地眷恋起天神下来。

当时，梓无从知晓那位美人到底是谁，只不过先后有过两面之缘。他并没有仔细端详过她，不晓得她年方几何，长得什么模样，只是从她的打扮上一眼就可以看出并非良家女子，显然是大都市里的艺伎。梓不寒而栗。

她在梓一筹莫展的时候给他指点了房子所在。事情虽小，梓却觉得她俨然是自己的大恩人。感念之余，梓恍惚觉得那莫非是母亲暂时现身搭救了自己。不妨赘述一下，梓的母亲是位艺伎，并且天神下是她的生身之所。

尽管斗转星移，彼处的柳树，此处的青松，就连澡堂子都旧貌依然。如今的寺庙门前照旧有附近人家的女孩子聚在一起嬉戏，唱着拍球儿歌。房檐、屋脊、泥土皆是从前的模样。他心醉神迷地痴想：这里莫非就是母亲从前居住的房子？思恋之余，就连暂时栖身的破房子他都浮想联翩。他在心中栩栩如生地描画着这宛如幻影的一切。想着想着，他就感觉那个素不相识的蝶吉酷似母亲。所以在饼干店与其擦肩而过的时候，他恍惚觉得母亲就是在这样的年纪、这样的时候、这样的地方做着毫无二致的事情长大成人，仿佛上个世纪的幻灯片在眼前一张一张地闪过。

清晨参拜

梓大学毕业以后就被那位写法文信的名媛，即年长他两岁的龙子迎进门，做了子爵家的女婿。不知是房产易主还是房主另有安排，他曾经居住过的那处隐蔽住所的大门被钉死，他再也无法缅怀旧家的风貌。转到外面一看，跟以前大不一样的街道一侧，即酒店的两处仓库之间打开了一条幽暗的过道。他想大概从这里就可以通向过去那处租住的房子。当然这只是想想而已，先前关照过自己的朋友夫妇早已不知搬去了哪里。那条过道十分狭窄，两边的人面对面吃饭，从窗户伸伸手就可以借个酱油。如今他又别无他事，况且还身着印着家徽的和服外褂，已经不便贸然进到里面了。不能进到里面去看，向人打听依然弄不清楚，所以他越发地眷恋。如今他已和从前大不一样，自从当上了玉司子爵梓老爷，进进出出的奴仆送迎十分排场，在往来人群中也格外惹眼。汤岛漫步只好隔日去上一次，渐渐地隔上一个月才去一次。花儿越远闻着越香，他的眷恋又加深了一重。

梓怀着那样的情感，在那个地方，且是在参拜汤岛神社的清晨再一次与蝶吉相遇了。洗手台前挂着写满桔梗连[1]俳句的方形纸罩灯，上面写着有关新叶、鲤鱼旗、杜鹃的俳句。当时正值拂晓时分，残月拨开云彩挂上树梢，宛如新泼墨的水墨画一般。

这一天，正如龙田若吉在那场红茶会上所言，从某种意义上说，梓当时也是为蝶吉所救。

这本身是件微不足道的小事。在贫苦环境中长大的文学士尽管做了子爵夫人的爱婿，却丝毫未将零钱这样的小事放在心上。不知是他压根儿没带还是丢在哪里忘记了，他根本就没带钱包。他刚刚取过勺子打算舀水，就从盛着豆子的陶罐后面露出一张幼稚的小圆脸，说："给水钱呀。"梓摸摸胸口，没有找到钱包。又去摸和服袖子，还是没有。左边袖子里也没有。不消说，腰里自然也没有。他不由得有些慌乱，喃喃自语道："怎么回事？"

"给水钱呀。"

梓无地自容，只是含糊其辞地说："咦？"这只是他碍于面子，其实并没有遭遇小偷扒窃。

那孩子重复道："给水钱呀。"

"哎，好像忘记带钱包了。"

① 俳句会的名字。

孩子忽闪着眼睛，不依不饶："给水钱呀。"

梓生性腼腆，哪怕面对年仅六岁的幼童，他也涨红了脸，无地自容，打算打道回府。孰料他身后站着一位婀娜多姿的美人，脸上漾着天真无邪的笑意，从家常扎的贡缎腰带里抽出一个包在白纸里的鼓鼓囊囊的钱夹子。她打开那大红锦绸的钱夹子，手指扣成圆形，从里面抽出一个小小的、玩具一般的绿色天鹅绒小钱包，"啪嗒"一声打开，就像小孩子往和服袖子里张望一般，一团孩子气地眯缝起双眼瞅着钱包，从里面拈出一枚银光闪闪的小银币，扔向对面。

"小和尚，老爷那份儿在这里了。"

梓怔住了。

美人回眸嫣然一笑，说："请把手伸出来吧。"

事情到了现在，梓在心里暗下决心以后一定要报答这份恩情。他赶紧伸出那双像医生一样干净的手，蝶吉将一勺清水浇在上面，水宛如珍珠一般飞溅开来。又浇上一勺，却不让他甩掉水珠。

"用我的吧。"

她落落大方地凝起两泓秋波，望着梓，略略仰起头，抽出一条参拜用的毛巾。那毛巾还很新，没磨破一丁点儿，茶色的底子上用白色丝线绣着"数寄屋町、大和屋内——蝶吉"。

"大姐，以后一定还给你。"梓这才定了定神，诚心诚意地说道。

"哎，没什么的。"

“别这样说。”他又加了一句，就辞别蝶吉踏上石矶小路。栖在许愿殿的屋檐上、神社的房脊上、牌坊下面以及洗手台顶棚上的鸽子此起彼伏地鸣叫着。还有两三只在两人之间穿梭飞过。四下里空无一人，只听见远处传来纳豆的叫卖声。

——那之后已有两年多时光了。今夜他们又在歌枕幽会。

荒谬绝伦

“哎，今晚我好高兴呀。前些日子身体一直不好，再加上你又好久不来了，我郁闷得很。”

蝶吉突然忧郁起来。她的情绪变化太快，甚至可以说多愁善感。这女子的心灵或许就如同打磨得美丽无比的明镜，无论是月儿、花朵的姿影映上心头，还是黄莺、杜鹃的啼鸣掠过心间，她都能历历形于颜色。

梓也眷恋地点点头。

“这些天有点忙，所以听见你病了也没能来瞧你。”

“又拼命用功了吗？”

“嗯。”梓心不在焉地回答，突然间，他记起了什么似的沉下脸。

蝶吉却丝毫没有察觉。

“是吗？好神气哟。”

“没礼貌！人家说在用功，你竟说人家好神气。”

“你又不稀罕坐马车，好没劲。再累病了可就麻烦了。”

“可是偷懒的话就吃不上饭喽。”

“我来挣钱，没关系的嘛。”

说着，蝶吉天真的脸上现出诚恳的神情。听了这话，梓于心不安地笑着支吾道：“拜托你喽。”

“嗯，没问题。”

“不过，我讨厌木屐。”

梓下定决心似的冷冷说道，表情严峻地看着蝶吉，眼神里饱含着款款深情。蝶吉似乎觉得挺意外，装模作样地说：“哎呀呀，你说的话好奇怪。”

事已至此，梓正襟危坐。

“不，我并非在胡说八道。你这样瞒着我可不太好。我问你，松寿司到底是怎么一回事？”毕竟这事不好启口，所以他拐弯抹角，并不直接挑明。

“讨厌！你是在吃醋吧？他可压根儿不是值得你放在心上的对手，你这话说得跟没见过世面似的，多可笑嘛。”

“总之，这是真的了？”

“嗯。”

她难为情地和男人对视着，脸抽搐了一下。

“那到底是怎么回事？我可是一无所知。”

梓低下头，下意识地拿烟袋杆儿敲打着膝盖。

“不过也仅限于那些事。其实那种人算什么呢？你竟然把那放在心上，也太可怜了。我可是蝶吉啊。”她微笑着，带着几分疲惫。

“不是那件事，是你肚子里的……”说着，梓兀自把脸别向一边。

“啊。”

蝶吉默不作声地低下了头，过了一会儿，抬起涨红的脸。

“谁告诉你的？啊？你从什么地方听来的？”

“我在路上听了几句让我不能释怀的话，才……”

“除了那些，你还知道些什么？”

蝶吉的声音带着惊诧。

“你如果觉得对不住我就不好了。若说我出来寻花问柳，你是头一个。我一直以为你因为做这营生，所以才会说谎。你对我说：‘太寒碜了。哪怕对方撒谎说喜欢你，并且做出喜欢你的样子来，那她就是真的喜欢你，你就权当她喜欢你好了。胡乱猜忌也太寒碜了，不像个男人。’我觉得有道理，想当然地认为你喜欢我，以为你始终钟情于我，这才把自己当成你的情人，所以我并非故意跟你过不去，想东想西地瞎琢磨，只不过刚才来这里的路上，松寿司指桑骂槐地说了些莫名其妙的话。”

“讨厌！”

蝶吉言辞激烈，既像是鄙夷偷窥闺房的人，又像是在为自己行为不端感到羞愧。同时她又觉得不妙，仿佛敦促对方宣布自己的罪行一般无力地说：“他说什么了？”

“和盘托出。”神月简短地说。

“咦？”

蝶吉突然认真起来，换了一副神态，那口吻仿佛转眼就长了三岁。

“不过，我完全好了呀。听说在西洋大家都不觉得这有什么，而且乡下也觉得那事顺理成章。我已经好利索了。

“今天晚上，我们酒馆的姐姐[①]说我身体已无大碍，给我做了红豆饭，庆祝我小产后身体康复，所以我喝了一杯。人家就是想庆祝一下嘛。不可以吗？嗯？嗯？”

看到梓凝重的脸色，蝶吉觉得不可思议。

梓顿时无言以对，抱着胳膊沉默不语。

“哟，你有什么好不痛快的？是因为我吗？我做得不对吗？”

“还用说吗？你！简直荒谬绝伦！”

“不过，我不是没有办法的吗？”

蝶吉无奈地眯缝起水汪汪的大眼睛，低下头轻展笑靥，接着又抬起头来，眨眨眼睛，说：

“那什么，听说那事做过一次之后就一辈子也无法生孩子了。不过，你不是说过你不要小孩子的吗？你不是说讨厌小孩子哇哇哭闹，嫌烦的吗？所以我就对你说‘那就从别处领养个三岁左右的孩子，会喊爸爸妈妈的，乖巧伶俐，多可爱呀。’结果你说那也嫌烦，想听乖巧伶俐的话，养只鹦鹉就够了。”

① 指妓馆鸨儿。

梓目瞪口呆，哑口无言。蝶吉则一脸得意。

“你瞧，这不也挺好的吗？我也不想要小孩儿。”

说着，她斜着身子，含情脉脉地看着男人，把手放在胸脯上给他看。

“你不是说过了吗？这边的奶给你当菜，这边这个大的给你当饭。”

她猛地勒紧乳房，缩着肩膀，笑着打了个哆嗦。

“不要！好痛啊。”

“蝶儿！”梓忍无可忍了。他的声音有些生硬，所以蝶吉再次故技重施，想把他的斥责岔开。她用三根手指扶地，郑重其事地俯下身体，将扁岛田髻亮给梓看。她的头上扎着细发带，刚刚洗过的头发闪着光泽。

“唤小的来有何吩咐？”

她模仿男人的腔调，拼命忍住笑。梓见到极端的事情就会心软，他百感交集，许是看不见这女子的脸，心里多少放松了些的缘故，看着看着，眼泪就扑簌簌地滚落下来。他干脆扑上前去，和蝶吉膝盖对着膝盖，把手搭在她的肩上，出其不意地将她抱了起来，定定地凝视着那张吃惊的脸。

“你太可怜了。你生来不幸，对这世上之事一无所知，所以我绝不会责备于你。倘使你现在就在我面前厌烦地咂着舌头，对我说‘呀，骗你的呢，你这个傻蛋，哄你几句就高兴得忘乎所以了。听说你还是什么情夫，真让我大跌眼镜。瞧你那熊样儿！’即便如此，我也一点都不会生气。

“或者说，就算我懊恼、气愤，也绝不会怪你冷酷无情。

“如果你明知道这样做薄情寡义、冷酷无情还偏偏去做，那就令人恼火。可是倘使你在不知情的情况下做了这一切，或许就没有什么说不过去的了。

“所以我就什么都不说了。你说我没见过世面，是个公子哥儿，什么都不懂。当然，应该把第三根弦调低还是把第二根弦调高，曲调该拖长还是该缩短，我的确一无所知。要论逛花街狎妓我也一窍不通。可我却知道，为了漂亮便在这大冷天里穿不夹棉的和服对身体有害。我还知道你看不起这里的艺伎，说她们穿着棉和服太邋遢。

“诚然，穿得少或许会变得窈窕可人。你说话颠三倒四，装憨卖傻，一团孩子气，这倒也罢了，我听说你们受过调教，甚至故意说些语无伦次的话。我天天字典不离手地查方块字，听到的都是些深奥的大道理，所以听你说些莫名其妙、语无伦次、天真无邪、孩子气十足的话时，我觉得很高兴。与其说是觉得好玩儿、有趣，不如说是一种慰藉。我渐渐喜欢上了你的那种说话方式，觉得可爱无比，结果竟弄成了这么个结果。糊涂也好，天真也罢，你肚子里……你知道吗？给政府知道了你就是罪人了。你做出了这等令人不齿之事，还让人做红豆饭给你吃，喝得醉醺醺的，你实在太过分了。”

梓悄声低语，然而声音和手上都使足了力气。蝶吉并不扭开涨得通红的脸，只是吸气似的翕动着双唇。

梓注视着她。

“我绝非不留情面地责备于你。刚才我也说了，正因为是你，我才觉得无可厚非。你十九岁，我二十五，我是长你七岁的兄长。[①]喂，我把你当成了我的妹妹，你好好听着吧。”

① 原文如此。

伴奏艺伎

如此说来，梓顿有所悟。大约一个月前的一个夜晚，也是在这处歌枕幽会的时候，蝶吉无缘无故地不停追问他想不想要个孩子，而他竟没有把这事放在心上，听过就忘掉了。听了松寿司的谩骂，又在此处得到证实，他才知道那并非空穴来风。事出意外，梓又是吃惊又是错愕，既觉得怜惜又觉得凄楚。

蝶吉曾经一团孩子气地告诉他说，退潮的时候去海边疯玩，喝了一口水，发现海水竟然是咸的，听上去俨然发现了一个伟大的学术理论。

她还说小时候淘气挨大人骂，就从家里跑了出来，混进附近的杂耍班子里“蹦嚓嚓、蹦嚓嚓”地跳舞，搞得追来的人晕头转向，就放过她回去了。她还问梓：“我的脸现在还像丑女面具吗？”

蝶吉就是那副脾气，走在大街上，看到大摇大摆的家伙就会撞人家一下。梓责备她说：“净胡来，你这个胆小鬼！要是把人家惹恼了你可怎么办？”结果她竟然一本正经地说：“如果眼看着要挨打，我就混到二十五座上[1]去跳舞。”梓简直拿她没有办法。她都十九岁了，总不至于还相信这些个，可是她至今依然保留着她描述的那份稚气。如果告诉她堕胎会触犯法律，她压根儿就弄不懂那是怎么一回事。假如你再告诉她“你会被警察抓去坐牢”的话，估计她又该说要逃到二十五座上跳舞了。对她根本就是无计可施。

和蝶吉之间越亲密，梓就越了解蝶吉那不谙世事的成长史。而愈是这样愈是加深了对她的爱怜之情。

除却这一层，蝶吉还是他的恩人。更何况她是梓的怀旧之情无以排遣的汤岛纪念。非但如此，自打梓懂事起，他的表姐妹们和姐姐就主宰着他的情感，使他哀伤，使他眷恋，使他忧愁，使他欢喜。如今她们或者魂归九泉，或者下落不明，他把对她们的追思统统寄托在与她们同病相怜的蝶吉身上，将他所有的情感都凝结于此。所以哪怕让他为蝶吉赴汤蹈火，他也在所不惜。

更何况自从他彻头彻尾地了解了蝶吉的身世之后，一种无以言表的悲悯之情已经深深地打动了他。

梓总觉得自己的身世和她有几分相像。

蝶吉的母亲本是京都一家颇有几分根基的商人之女。如

① 指相对于宫廷神乐的民间神乐，表演者和着音乐，戴着假面跳舞。

同净琉璃中的唱词——瞒着父母私订终身，她和那个与她私订终身的土佐浪人私奔出来。当时的东京还叫江户。他俩躲在根岸生活期间，世事变迁[①]，男人失去了生计，蝶吉的母亲只好到仲之町当了歌妓，一边挣钱一边尽着对丈夫的义务。他们在根岸生活期间，小蝶吉出生了。

做了孩子妈妈，她依然出去卖艺，赶上酒席上是老主顾时，她就让年轻女佣将女儿带来，背过脸去，放下三弦，敞开怀抱喂女儿吃奶。过了一岁，蝶吉终于蹒跚学步了，可是根岸那边，小蝶吉的父亲又一病不起。

小蝶吉三岁的时候，蛎壳町有位钟情于她的老主顾，明知道她带着个孩子，还是替她赎了身，在滨町给她购置了偏室。那两年时光，蝶吉得以在母亲的百般疼爱中成长，学会喊“妈妈”了。

可惜好景不长，米行街上米价波动，行情大乱，偏室的主人也血本无归，落魄潦倒，弄到最后，连东山再起的本钱也赔光了。他心灰意冷，逼着蝶吉的母亲返还当时替她赎身的款额。

自打根岸的丈夫亡故之后，蝶吉的母亲就已经悲观厌世，一味听凭命运的摆布，所以她乖乖地到芳町重操旧业。钱不够，就变卖家产。可是就算这样也无法偿清赎身债，母亲只好把蝶吉送到仲之町的大阪屋去，期限为十三年。

按照花街包身艺伎的行规，母亲和妓院口头约定，保证

① 指明治维新之后，幕府倒台，武士失去了工作。

不让蝶吉卖身，但在学艺上可以使用任何手段调教她，不妨让她吃点苦头，所以她受尽摧残。

在酒席上表演通常是三人一组，两个年龄大些的艺伎和蝶吉。蝶吉拿着伴奏乐器跟着她们一起表演。在一个飘雪的夜晚，她向梓讲述那时候的悲惨遭遇时依然惊恐不已。

当地包办酒席的客人多半选在半夜。每次听到招呼，她就得赶紧将二位师姐酒席上穿的和服、腰带衬垫、整幅腰带、系腰带的细绳以及长衬衫的带子悉数按顺序整整齐齐地备好送过去，自己换好衣服后再把她俩的木屐摆好，做完之后还得拿上四把三弦琴送到酒筵的柜台上——那位技艺高超却性格暴烈的师姐说在客人面前断了弦现接的话，拍子就和不上了，为讲究排场，必须带上替换的三弦。放下三弦，她再上气不接下气地赶回，捧上自己的伴奏乐器跑过去。

接下来她还得将四把三弦送到酒席上，调好弦。做完就得马不停蹄地赶回去拿自己的那套东西。正调着伴奏乐器的弦呢，二位师姐不紧不慢地进来了，然后又得给她们清理木屐上的雪。急三火四地收拾完坐到酒席上时，开场曲已经弹完了，手还没有往膝盖上放一下，师姐就已经在喝令她开始伴奏了，手指的皮都磨破了，而且因为天冷，手冻得僵硬僵硬。她上气不接下气，连把小鼓背到肩上的劲儿都没有了。

对梓讲这段事的时候，蝶吉钻出被窝，将友禅绸的薄棉睡衣铺好，就那样穿着长衬衫跷起一只膝盖跪在上面，抬起手在膝盖上面比画着：

“我那时也就这么一丁点儿吧，放上鼓就被挡得看不见人了。”

她边说边把手搭在肩上，摆出打小鼓的姿势笔直地站好，两鬓的秀发散落在她那不施脂粉却莹白如雪的面颊上。忆起往昔的岁月，她的眼神有些呆滞，脸上浮现出一种难以名状的哀伤。梓不由自主地正襟危坐。

有时候因为用力过猛，腰上吃不住劲儿，四仰八叉地跌倒在地。她们就会在私底下恶毒地咒骂她：“上不了台面的东西！干脆拿火筷子给她从屁股上穿上钉在榻榻米上算了，也给她弄个摔不倒的咒符。”等到回去，又扯着她的耳朵扇她耳光，还揪住领口摁住她，拿长烟袋杆子抽她的后背。不光是她疏忽摔倒的时候，她们还动不动打她，说她叠和服把后背的衣缝叠歪了，有的时候说她舞跳得不好打她。她身上总是新伤不断，却被逼着忙到寒风刺骨的凌晨。等那两人回去，她又得收拾她们的和服、三弦和木屐。天一亮，又被支使着拎上账本去跑酒楼，几乎没有睡觉的时间。

白天也好不到哪里去，要学习吹笛子，学敲鼓，练舞蹈，还得隔一天练一次字，连喘口气的工夫都没有。

蝶吉隐隐约约记得自己的亲妈，但既不晓得妈妈的年纪也不知道她住在哪里。每次哭都会被拧嘴，所以她只好默默地流泪。说到这里的时候，蝶吉瘫倒在地，泣不成声。

每当走过河堤，看到别家的孩子被母亲牵着手，或是看到他们嬉戏玩耍的时候，她都会情不自禁地想：同样是人，为什么差别就会这么大？有一次，看到五六个孩子在田边的小溪中捉鲣鱼，她就羡慕得不得了，冒冒失失地提着裙摆，挽起袖子下到小溪里，说："让我也来玩儿会儿吧。"结果那些孩子骂她说："呀！婊子，臭蝌蚪，烂货！"还有两三个人捉住她的胳膊和腿，将她掀翻。她灌了泥水，脸色苍白地回到伎馆里。不消说，这是不能被放过的，她又被用细绳五花大绑，就那么湿淋淋地被塞到壁橱里。从下午一直绑到夜里两点，她简直快死过去了。当时她就暗想："我这么可怜，这么辛苦，这些城里的家伙不仅不安慰我，居然还骂我是婊子，将我掀翻在地！"

"我被折磨着学艺，还不都是因为你们这些家伙！都是因为你们被娇纵，被溺爱，在父母的呵护下长大，可你们身在福中不知福，等到了脸上长粉刺的年纪，又跟父母哭着要钱出来玩女人。我要将你们踢翻在地，我要争口气！我要愚弄你们，折磨你们，把你们整得半死不活！"蝶吉暗下决心绝不放过他们。打那以后她竟有了干劲儿，主动练习技艺，不甘落后，不怕吃苦，一直坚持到十七岁，坚硬的花蕾终于绽放，如今她的身后也跟着一个服侍的雏妓，"姐姐、姐姐"地喊她了。就算在秋天的仁和加节上她也毫不逊色，在酒席上也是首屈一指。论唱曲，她精通清元小调；论舞蹈，她掌握了花柳界的绝技。满身的新伤换得了她精湛的技艺。但凡技艺，她无所不精，甚至还学会了花言巧语哄得客人神魂颠倒。如今的蝶吉已整装待发，好了，尽管来吧！

这些畜生，看花赏月还嫌不够，竟然还要玩弄有血有肉的女人！她要给他们一点颜色。如果他们恨她，怨她，想要杀死她，她就拿锐利的簪子戳烂对方的眼球，逃之夭夭。柳眉星眼火焰唇，她饱含着满腔的怨恨，脸上却挂着妩媚的笑容，盯着天空的一隅。然而正当这时，却发生了一件意外的事。一位脏兮兮的、耳聋眼花、衣衫褴褛的老妇拄着拐杖，蹒跚地找到了她，捎口信说她的生身母亲病危，此时只想看她一眼，跟她惜别。

她可是朝思暮想，梦里都盼着见妈妈一面。她浑身战栗，和老妇雇了一辆特制的双人人力车，一路飞奔到小石川指谷町一处破烂的大杂院里，不顾一切地扑向了妈妈。“是峰儿吗？”奄奄一息的妈妈高兴之余，竟然叫出了她的乳名。那日，蝶吉紧紧地攥着祈祷妈妈活下去的串珠绳，使得妈妈一度睁开了双眼。

显而易见，妈妈别说延医请药了，就连吃个感冒药的钱也没有。蝶吉连忙赶回大阪屋，她的年限所剩无多，所以又借了些钱补贴妈妈。然而身为包身艺伎，她连半日都不能得闲。她既要应付北里，又要照顾小石川这边。她断了盐，整日整夜地念佛祈祷，宁愿自己折几年寿，只求保佑妈妈安康，弄得人都消瘦了。

疯狗源兵卫

第七天早晨，鸨儿好歹准了她半天假，她再次赶到小石川的破房子里去探望妈妈。妈妈的剧痛已经持续了三天三夜。她的胸口上长了个拳头大小的东西，上不去下不来，连嘴唇都憋紫了。蝶吉用手抚摸着妈妈的胸口，女儿拳拳的关爱缓解了疼痛，她终于甜甜地睡了过去。大约睡了三个时辰，妈妈似乎忘记了疼痛，拿软枕头压住胸口坐了起来，有生以来蝶吉第一次得以如此仔细端详妈妈的模样。

“她长得酷似纪伊国屋呢！”

蝶吉这样形容她的模样。妈妈的名字叫阿娟。

把女儿交给了大阪屋之后，她就无牵无挂地在葭町重操旧业，终日埋头挣钱，一点一点地积攒起来还债。大约用了五年时间，她终于替自己赎了身，之后在别人的帮助下用自己的收入自立门户。有人劝她包下一个模样标致的艺伎，可是妈妈说推己及人，纵令靠这个收入攒下一笔钱，用这钱将蝶吉救出苦海，估计终究也不会落得什么好下场。而且再次重操旧业，她越发堕向苦难的深渊。诚然，就算用包养艺伎挣来的钱将蝶吉赎出来，也没有道理让她在自己身边干这营生。说来也有人待她不错，可毕竟到不了替她赎出女儿的份儿，而想靠她一个女人家那点微薄的收入，哪怕全积攒下来也远远不够替蝶吉赎身。就算做到了，做妈妈的身世已是拂逆天意。她想干脆不如牺牲自己的身体，靠神佛的力量在冥冥之中拯救蝶吉为好。总之，母女二人都入了艺伎这一苦难的行当也许是前世注定不可逃脱的命运吧。为了减轻自己的罪过，妈妈嫁给了一个叫间黑源兵卫的人，他绰号“疯狗”，住在花川户町后街的排屋里，替人穿针引线介绍零工，以给米店介绍短工为主要营生。

他把流浪汉们打发到各处的米店干活，阿娟则四处跑着收工钱。桥场今户一带自不待言，连本所、下谷以及离得很远的日本桥附近都得靠她穿着草屐跑来跑去。煮饭、烧菜、打水、拖地，无不压在纤弱的阿娟身上。一大早她就得摸着黑爬起来，一整天都拖着步子去收雇工的工钱，回家后还得替丈夫斟酒，给他拔火罐、按摩肩背。侍候他睡下后，再马不停蹄地给那些住在她家里的流浪汉分发工钱。那些人二楼住三人、店里住五人，就这样走马灯似的过来住宿。阿娟按比例扣除佣金，把钱发给他们，再让他们交上住宿的费用。她拨拉着算盘去五除二地算着账，哪怕只有三厘的出入，她那冷酷的丈夫也会揪着发髻将她推倒在地。她得在柜台上坐到半夜，累得筋疲力尽，等弄完了，再拖着烂棉花般疲惫的身子去陪丈夫睡觉。

何苦来！无论是教人跳舞还是带徒弟教三弦，她都可以让自己安安闲闲地过个清静日子，而她却觉得自己必须承担这炼狱般的苦役。她之所以受这生生剐肉般的煎熬，并不是为了拯救自己，使自己将来免于受下地狱的惩罚，她完全是为了蝶吉才这么做的。母亲那时候这样告诉她。

诚然，她即便是自谋出路，没准儿也是这么个命运。阿娟万万没有料到，长年累月的忧苦辛酸使她一刻不得安闲，她终于身心俱疲，大约一个月前染上了病，卧床不起，腰腿动弹不得，于是被她那个丈夫——疯狗源兵卫赶出了家门。她无力与其争辩，也无处安身，便投奔到了这个耳聋眼花的老妇家里。这老妇的儿子曾经通过源兵卫的介绍去舂过米，自然也受过阿娟的关照。他因为行为不端、溜门撬锁被抓进了监狱，如今正在服苦役。从前因为儿子的关系，老妇曾受过阿娟的好处，她不忘旧恩，将阿娟带到自己家里照顾。话虽如此，老妇不仅生计艰难，耳朵也背，压根儿不顶什么用，连要杯水她都听不到。设身处地地替阿娟想想，受到这样的照顾又能好到哪里去？而连一个晚上都不能陪在身边看护妈妈的蝶吉又是怎样的心情？正是在这种时候人们才会抱怨起神佛来。

不知不觉已经过了晌午，老妇殷勤地备了一点粗陋的饭食，菜是咸鱼串和油炸豆腐。

“妈来烤烤火吧。”这句话成了蝶吉一生的回忆。阿娟出现了临终前的回光返照，无力地倚着火盆。虽然夏天已近，天气却依然寒冷，老妇担心她冻着，要给她披上那条像海带一样的破棉被，可阿娟却把它扒拉下来，说：“太脏了，好不容易做的好饭好菜都不香了。”蝶吉心领神会，脱下身上的和服外褂给妈妈穿上。

“挺素净的，正适合妈呢。”看着女儿欢喜的模样，阿娟一边穿上外褂一边仔细端详着宽袖子和服的衬里，说：“峰儿，穿得蛮气派的嘛。”蝶吉的母亲兼具京都的国色天香和江户的倔犟要强。年仅三十三岁的她无论在仲之町还是葭町，都被尊称为“老师傅”。那年正是她最后的大厄年[①]，当天傍晚，她留下遗言说让蝶吉自己选择看中的男人后便撒手人寰了，只留下蝶吉一人孤零零地活在日本的茫茫人海中，并且还是在花街这样的地方。时隔不到十日，小石川柳町到丸山的洼地发了洪水，一辆排车被水冲走，撞到了支地板的横木上，撞散了地板，那位老妇也溺水死去。没有人给她发丧，蝶吉感念母亲临终前蒙她照顾，就把她和母亲葬在同一座寺庙里了。

蝶吉到现在都未能给母亲立块墓碑，只不过一有机会，她必然一次不落地过去扫墓。梓没有出现之前，扑倒在母亲坟前就是她唯一的、无上的快乐。

① 日本女人虚岁十九岁、三十三岁被认为是大厄年，多灾多难之意。

蝶吉相信是阿娟的在天之灵撮合了她和梓。一天夜里，她摊开手掌给梓看：指尖染成了红色，像渗出了鲜血一般。梓觉得奇怪，追问起来，她说今天去扫墓的时候用湿手拿香了。

“我这辈子只和母亲吃过一顿饭啊。”她扑在梓身上哭着说，手冰凉冰凉的。梓情不自禁地把她紧紧抱在怀里。

“你家信什么教？”

“不晓得。”

“问问不就得了吗？”

“那多可笑啊。”

“那你祭拜时念什么经？”

“拼命念‘南无阿弥陀佛’。”

一想到眼前这弱女子独自一人在坟前哭泣，梓就紧紧抱住她不肯松手。

唉，怎能忍心弃她！蝶吉从孩提时代起就对这个世界充满了仇恨、偏见和愤怒。可以说她本打算报复性地凭借自己的手腕将一众寻花问柳之徒玩弄于股掌之间，啖其肉，饮其血，以此疗愈精神上的痛苦。适逢母亲过世，她壮志未酬。不消说，她一次也没有诓骗愚弄过男人，也从未有过巧言令色，她将自己全部献给了梓。她就像一位亡国的公主，家园遭摧毁、树木被砍伐、海水干涸、青山被毁、百姓遭人屠戮、妇女被人强暴……她揣着复仇的计划卧薪尝胆，如今却将干劲和自尊统统抛到脑后，反倒一味乞怜于梓，只求他的些微同情。天底下估计不会再有如此可怜可悲之事了。他又怎能弃她不顾！

蝶吉的包身期本来已经所剩无几，自从借钱埋葬了母亲之后，她在这世上便无依无靠了，凄惶之余，便有点自暴自弃，本来就能喝个三杯两盏，如今酒量越发大增，有一次居然在酒席上喝得大醉而归，半夜三更躺倒在下着夜露的京町。月光下的她仿佛身披寒霜，冻得连肌肤和骨头都苍白泛青。路过此地的一名建筑师傅发现了她，将她抱回了大阪屋。等她苏醒过来，胸口却一阵剧痛，落下了病根子，隔上三天就会发病，最后竟因为痛得太厉害，咬紧牙关还是发出了惨叫声，抓挠着榻榻米在上面打滚儿。鸨儿嫌她烦，用绳子捆住她手脚，嘴里塞上毛巾，还借口给她醒神，脱下她的布袜，在她的拇指缝儿里连续施灸。直到她长大成人，那燎泡的疤痕还触目惊心。蝶吉如同跟妈妈撒娇一般满腹委屈地晃着肩膀，提起单和服，并拢双脚，让梓看她那小巧的足尖，眼里噙满了泪水。看到房间隔扇上的纸破了个螃蟹形状的窟窿，她就伸出脚，勾起大拇指去剜那个破洞，边剜边以训斥的口吻说："修一下就好了的嘛。怎么搞的？怎么搞的？""傻瓜！"梓皱着眉头呵斥道。而蝶吉总是泪光盈盈却又满心欢喜地注视着他。梓无法忘记这一切。那样一个孤苦伶仃、不谙世事、无依无靠的孤儿把他当成了唯一的依靠。梓如何忍心弃她！

蝶吉当时就是因为鸨儿的残酷"照顾"愤愤不平，忍无可忍才跑到了天神下那家荐头店的。正当她拿不定主意该去柳桥还是葭町时，有人悄悄来劝她，告诉了她一个天大的秘密，说是要挑选一名梳头的、两名裁缝、一名厨师、一名医生、二十名妇女，外加三名服务人员，由领队的带领，去参加巴黎与芝加哥的博览会，展示日本妇女。还说那地方坐落于蔷薇花儿盛开的地方，四周围着朱红的栅栏，每天给三块钱的报酬，期限为十个月。蝶吉觉得留在日本也是死路一条，反正也没有人会在乎自己，干脆去给人当展品算了。就在那个当口上，她在澡堂门口邂逅了梓并且对他产生了依恋，才最终幸免于被禽兽玩弄。说这话的时候，蝶吉大模大样地坐在那里，说："我就是想神气一次给他们瞧瞧嘛!"梓忍俊不禁："你怎么不说'我乃好斗的母鸡'？"

"也差不离吧。"

蝶吉娇俏地一笑，一副满不在乎的样子，幼稚也得有个分寸才好。

"蝶儿，没有我陪伴你的日子里，真不知道你还会遭遇些什么。"梓气都喘不匀了，"你真不该做出把孩子打掉那么荒唐的事，逼得我非跟你分手了。"他抱着蝶吉的脖颈谆谆教导一般倾心相告，将长久以来令他时时刻刻感动不已的至怜至爱的殷殷真情一无保留地和盘托出。

蝶吉刚听了一半就变了脸色。梓每说一句发自肺腑的话，她都向左或向右别过脸去，恨不得挣脱逃走，仿佛不堪忍受自己的脸被情人看到一般。然而梓的手臂、声音和话语里越发地充满了力量。蝶吉伤心欲绝，一动也不能动了。事已至此，她终于无力地垂下了头，前额的秀发凌乱地披散到梓的手臂上。梓被深深地震撼了，他想：难道那尘世的风真的要无情地将这朵自己亲手攀折的女郎花上的晨露吹落吗？

“从一开始我就觉得我们这样的交往迟早会落得个伤心落泪的结局，所以我一次又一次垂头丧气地来到你这里，下定决心和你把话挑明。然而每次你的话和你的所作所为都使得我对你的感情与日俱增。我就好比被灌了一剂麻醉药一般。

“如今，我已经无法继续待在家里，而是幽居在谷中。事已至此，我也干脆破釜沉舟，打定主意和你双宿双飞。我已经不在乎别人说什么了，也无所谓什么道义人情了。

“蝶儿，你太荒唐了。也许是你过于不谙世事，然而但凡堕过胎的人，即便她不晓得这是犯罪，是耻辱，她的心也已经腐烂，只剩下长着鼻子眼睛、披着人皮的躯壳。这样一来，我们就无法继续待在一起了。我这样说，你一定会怨我太薄情。我曾经和你说过，我有几个和你干同样营生的亲人，她们不仅仅是我的亲姐姐，不仅仅是我的表姐妹，更是对我照顾有加的恩人。也许是前世的缘分，我也曾受过你的大恩，我明白其中的道理。说来惭愧，我也曾经坐着马车，被人恭恭敬敬地喊做老爷，然而在你面前，我从未粗声大气地对你指手画脚过。身为艺伎，你竟对我说：‘你太老实了，靠不大住，我总觉得有几分不安。你大声地骂我一顿吧。多想把你惹火，让你给我一记耳光。’被一个男人迷恋到这种程度也是你的造化吧？我往家乡写信，对那几个被人玩弄的女子，我始终称她们‘姐姐大人’。我也知道这样做不符合我的身份，然而每次收到你的信，回信时我都会在你的名字后面加上‘女士’二字。我并非要讨你的欢心，也绝非为当上你的情夫而奉承于你。

“道理我都懂，无论表面看上去如何，这都是我从孩提时立下的规矩，我是当真地把你当成我的朋友。我不仅受过你的关照，而且你惹人怜爱，所以我也就顾不上那么多了。

“我是真心地把你当成出类拔萃的女子、当成闺秀、当成太太才这么做的。并非我恭维奉承，出身低贱的女子也有可能嫁个好人家飞上枝头做凤凰，说不准你也会被哪个有身份的人看中。只不过那样的男人无非是想得到你的心，想让你迷恋他、爱上他而已，最终为的还是玩弄你。

“这和用优质饲料将鸭子喂肥然后吃掉有什么区别？地痞无赖和街上的年轻小伙子我说不好，但说到真正被有点身份的人爱上的艺伎，恐怕也只有你一人。

“拜托你忘掉我吧。就把这当成一种追忆吧。你不妨告诉别人‘神月曾经是我的丈夫’，对他们讲因为有些不便道明的缘故才和我分手。我想这总不至于辱没了你。 喂，你懂了吗？

“等你再多少上点年纪，多些阅历，你就会理解我，会觉得我的做法理所当然，也会醒悟到自己做了些什么。你一定要保重身体，认认真真地过下去。尽管我们分手了，但我绝不会将你抛弃，私下里我会一直牵挂着你。”

神月潸然泪下，蝶吉如同死人一般。

“我并没有说错，你今后不要再逞强穿不夹棉的衣服。这往后天气热了，不要再把碎冰浇到米饭上吃。还有，你不可以再酗酒，听见了吗？你可千万要当心，今年可是你的大厄年。”

梓语重心长。突然，他仿佛记起了什么，松开了手。

“酒醒了吧？冷不冷？”

“不。”蝶吉谨慎地小声回答，仿佛在思索着什么。

“是吗？再冻着了可就糟了。”

“哎。”蝶吉的回答天真而坦率，小鸟依人般地敞开心扉。跟以往一样，这样的声音格外使梓心醉神迷，怜爱不已。

“身体已经完全恢复了吗？”

“哎。”

“你是个任性的孩子。虽说你好逞强，喜欢虚张声势地横冲直撞，但实际上你是个十足的窝囊废，所以我才为你担心呀。这些日子没和你家姐姐[①]吵架吧？”

“哎。”尽管都快哭出来了，蝶吉还是硬挤出了半张笑脸。

“还是净做梦梦见妈妈？”

蝶吉没有回答“哎”，只是把脸背过去，将轮形花纹蓝衬衫的火红的绸里子拽出来拭泪。

“别再说了。我已经不能自已了。你觉得可笑吧？”

说着，她松开袖口，睁大眼睛，似乎不愿看到梓一样将视线盯向别处。

“哎呀，可不能这样啊。”

① 指鸨儿。

她再一次低下头，闭上双眼。

“你把手放开吧。”

她的声音有气无力。

梓知道蝶吉暂时平静下来了，就顺从地放开了手。他以为这神志恍惚的女子或许会就势倒向后面。

然而蝶吉却端端正正地双手交叉着放在膝盖上，神思恍惚地凝视着梓的脸，用虚弱的声音说：

“亲爱的。”

“怎么了？”

“求你了，别看我的脸。”

梓顺从地背过脸去。火盆里的火快要熄灭了，纸罩灯发出昏暗的光。两折屏风上面画着凄清的秋草：纤瘦的芒草、凋零的女郎花和桔梗花纷纷扰扰。乌云密布的天空中隐约挂着一弯斜月。昏暗的灯光下，一切如幻境一般凄凉而孤寂。

“我要哭了。让我背过脸去好不好？”

梓浑身发冷，点了点头。蝶吉转向对面，屏风上映出她的身影，她紧紧环抱住前胸。

和服袖子从两边拢了上来，衬出她纤瘦的身体，纤纤十指抱住肩头，扁岛田髻有点散乱，秀发飘落下来。她定定地坐着，身体突然间像折断了一般倒了下去，如同凋零的花儿。她压低嗓音“哇”地哭了出来。梓再也忍受不住，背过脸去。两个模糊而单薄的身影映入那丛秋草之中，没有风，影子却仿佛在动。他俩一个面向榻榻米，一个面向墙壁，房间里的影子也是各自分开的。

半票圆辅

“那么说……”圆辅边打招呼边拉开大和家的格子门走了进来。他是三游派[①]的相声演员，有时在酒席上剪烛花，有时在曲艺场上压轴表演，算得上一条好汉。不过这汉子每逢表演压轴戏时，必定会给老主顾送上半价票，久而久之，人们都称他做“半票圆辅”。这天，铃本那边散了场，不巧的是一众客人中没有逮住一个带他去喝上一杯，回到家里有个妹妹也不顶事，他就顺脚去附近的大和家逛逛。说来这半票圆辅正脸上挂着驾轻就熟的神情从神灯下面穿过。

“哟！”长火盆前面有个人用奇怪的声音答应道。是这家的鸨儿吗？不是。是帮佣的老妇吗？不是。是正在碾茶的包身艺伎吗？不是。是猫儿吗？不是。不是。不是。他是汤岛天神中坂下松寿司家的儿子阿源。此人领悟了不花钱狎妓

① 始于江户时代的单口相声流派，因创始人为三游亭园生而得名。

的窍门，颇让人觉得无奈。他每夜都像燕子一样从数寄屋町的神灯下面钻过。特别是大和家有个令他神魂颠倒的蝶吉，他巴结奉承起来更是非比寻常，以帮人家家里裱糊拉门这样的手法帮艺伎跑腿，甚至给帮佣的老妇打下手。无事可做时就待在长火盆前面替家猫梳毛。运气好时，还能拉扯一下雏妓的衣袖，拍拍女佣的屁股，占个大便宜。前一阵子在蝶吉那里碰了一鼻子灰，怀里的木屐又给头儿烧了，还被这家的鸨儿大骂占人家包养艺伎的便宜，骂他是狮子身上的寄生虫，弄得他赶忙趴在地上道歉，按理说也该长点记性了，可是他本性难移，今晚又溜了进来。

不巧艺伎们都出去陪客了，女佣又忙得很，鸨儿也出门办事了。火盆里的灰干干净净，灌满水的水壶也烧开了，这位风流人物实在无事可做，就百般抚弄那猫，一会儿和猫说话，一会儿揪揪猫耳朵，一会儿拨弄拨弄猫胡子。畜生也受不了他如此这般的摆弄，“喵”地叫了一声，浑身颤抖，意欲挣脱跑开。他如何肯放过这猫，于是将猫摁住，抱着猫的脖子不肯松手。他托着腮，灵机一动，摆出一副“恩爱情深，雪中抱子讨奶吃”的做派，还故意装出愁眉苦脸的表情。就在这时，那“半票圆辅”走进来打招呼。

“师傅快请进，欢迎光临。”他权当自己是掌柜的，迎面寒暄。

圆辅一下子就闹明白了，四下里打量了一番，

“唉，好容易出来趟，又没人招呼，姐儿们都去哪里了？”

“听说又去这个了。”源次将手指指向脸的正中央，一根手指恰好将近视镜的镜框分成两截[①]。心血来潮，俳句师傅今晚格外俏皮，短号衣上扎着三尺腰带，还带着缎子面的烟袋荷包和象牙烟袋，处处彰显他的儒雅。

圆辅穿了两件薄碎花绉绸和服，将手掌顺着修长的腿捋到膝盖。如此捋了三次，无精打采地低下了头，

“那么……”

“怎么了？怎么蔫头耷脑的？没交上新情妇吗？”源次郎倚着挂三弦的柱子，若无其事地问。

圆辅又从耳朵垂儿捋到两边脸颊，

“哦，也差不多吧，哈哈哈哈……现在你那相好的咋样了？出去陪客了吧？”

“呀，出远门了吗？这事那事的，估计也够惹你心烦的吧？嗯，情夫？”圆辅故意装出浪声浪气的腔调，捅了捅源次的屁股。源次乖乖夹紧双腿，腻歪歪地说：

“别闹了。什么呀，真没劲。别看我这样，我也要操心呢。喂！”

“哟！操心？”

圆辅说完，夸张地用手撑住席子，身体向后仰倒。

“可来真格的了，队长（指源次），佩服佩服。有操心事儿了，他妈的，请客，请客！”

---

① 花牌的“花”字发音与“鼻”相同，源次利用谐音，指着鼻子说蝶吉出去玩花牌了。

“总之，等她回来，我让她来请。”源次窃笑着。

“这可不敢当！”

“不，师傅，你正经点儿。等蝶吉回来，我有把握让她请大家伙喝上一杯。最不济也能吃顿鳝鱼或者鸡肉，中不溜儿的到冈政潇洒一把，弄到好处能一举混到伊豫纹也未可知。我家是开寿司店的，她本人吃不惯甜东西，反正就那几家，等着好了。”

“当真？”

“嗯，当真。”

“了不得！”圆辅嚷了一声，出其不意地鞠了一躬，规规矩矩地坐好，“那么她在哪儿呢？这样一来，我可是紧盼着她。”

“听说是八、八丁堀。”

“确实够远的，几时去的？”

“前天晚上就走了，也是这个。”源次指着鼻子，“哎，刚才打发人来说无论多晚都会赶回来。对吧，阿升？”

“啊。”女佣从厨房里应道。

“对吧？喂，富儿！”

隔壁房间正中央，有个可怜巴巴的雏妓面对着饭盆，将饭钵与茶壶拖到跟前，借着这边的灯光，正在那里扒拉着饭。那情形恰是“幼儿孤影独进食，暮秋时分”[①]。

“哎。”她应了一声，大口地喝着汤。

① 此为松尾芭蕉的俳句。

“莫不是真的？”

“千真万确！”

“太好了！”

正说着，门“吱呀”一声打开了。

圆辅回过头，嚷道：“呀，您回府了！”

他让开路，把脸转过来。

源次抻长脖子，问“谁呀？”

“蝶吉姐儿，还能有谁？”

“是吗？”

源次把猫放下，站起来。

蝶吉无精打采地回来了，头发乱蓬蓬的，目光呆滞。她一副家常打扮，扎着围裙，系着绸腰带，披着唐栈棉的小褂，脑后梳着银杏髻，看上去比实际年龄显老，脸颊也瘦了下去。她落寞地走了进来，目不旁视，瞅也不瞅周围的人，若无其事地向楼上走去。圆辅看着她，觉得希望要落空了，一反常态地一本正经起来：

“你回来了。”

“回来了。”

只丢下这么一句，蝶吉就昂首阔步地“咚咚”走上楼去了。

“情绪不佳哟。脸色差得出奇，看来又输了牌了，请客一事也打水漂了吧？”

圆辅摸着光秃秃的前额说。

“不，师傅，请客一事与她的输赢无关。倒是这阵子一直情绪不怎么样，又不是凉粉做的梆子，老这么怒气冲冲的。”

“依然是……”

圆辅打住话题，心领神会地说。源次默默地点了点头。

圆辅压低了嗓门：

“那什么，我听说那事儿给那个叫什么神月的先生知道了，就和她一刀两断了。可是真的？”

“嗯。”源次仿佛不想听似的懒洋洋地回答。

“的确，俩人放到一起倒是天造地设的一对儿，可身份也差得太离谱了。所谓学士，很了不起的吧？更何况还是华族家的女婿。年轻人再怎么爱得死去活来，以他那身份竟然迷上个艺伎，还从宅邸里搬了出来，你说世上竟有这等荒唐事！所以圆辅我毅然放弃上大学，当了个说单口相声的。不过，一听说女的堕了胎，他就快刀斩乱麻地一刀两断了，果然了不起。唉，别看他是个连交杯换盏都不懂的毛孩子，有学问的人关键时候就是厉害，了不起。看来蝶吉迷恋的也不光是他帅气的外表。两个人有没有言归于好？”

“但凡有点谱儿，蝶吉早就兴冲冲地闹腾开了，她可不是个憋得住的主儿。”

“说得有理。看来这些人都是一丘之貉。她们说什么艺伎接客有了身孕寒碜死人了，挺着个大肚子败了客人的兴，简直就像中了毒的癞蛤蟆。说什么等生的时候肠子都会耷拉下来，连说说都嫌寒碜。还让她去音羽屋[①]问问艺伎该不该怀

① 歌舞伎演员尾上菊五郎和坂东彦三郎两派的堂号。

孕。那些人利用她的单纯幼稚，欺负她，给她喝了药。这帮人一个不落地都得遭她埋怨，还指望她请什么客哩。唉，别扯了。”

圆辅再次变得垂头丧气。源次却气定神闲，泰然自若。

“师傅，我不是叫你不要担心的吗？你可真够多疑的。”

“不过，你看她那脸色，肯定是那么回事儿。她可不光是在八丁堀输了牌。提起这帮与她有深仇大恨的人，哪里还能指望她请客！”

“当然是请我，你们只是沾光而已。”

“咦？你也不大像够格儿被她请的吧。”

“很够格儿。我才够格儿呢。不好意思，我阿源心里有谱。”

“那你拿出点凭据来吧。”圆辅咄咄逼人。

“凭据不成问题。如果我说岔了，就把这个拱手奉上。如何，师傅？尽管不是什么值钱玩意儿。”

他多少也有点显摆，抽出那个烟袋荷包。圆辅将那荷包翻过来捻了捻。

“但凡有个差池，你就把这腰间之物送给我，可是‘君子一言，驷马难追’！”

“哪里话，我是江户儿。”他也不知模仿谁的口吻，斩钉截铁地说。

“爽快！”圆辅猛地鞠了个躬，嚷道。突然，他吃惊地扬起了脸。

从二楼传来了蝶吉的喊声：“富儿！富儿！”

纸狗[①]

“来了。”雏妓一边拖音拉嗓地应着，一边挪开小饭桌，站在楼梯下面扬起脸，天真可爱，“什么事，姐姐？”

“那个，我今天晚上身体不大舒服，无论谁来叫，一概把所有酒席替我推掉。等姐姐回来了，就说我说的，‘不好意思，我先睡下了’。”

“好的。”

“听清楚了吗？”

蝶吉打一回来就情绪不佳，什么也不做，只是呆呆地站在衣柜前面。

吩咐完雏妓，她又斜穿过房间，重新站到衣柜前面。看到第一格的抽屉拉开了一半，她呆住了。

“哎呀，难道是我拉开的吗？”她不由得嘀咕道。抽屉

① 日本人将用纸裱糊的狗置于婴幼儿身边，取辟邪之意。

里自始至终摆放着神月的照片。

自从神月斩钉截铁地提出分手之后，尽管无人知晓，神月也不知道，但是蝶吉却连看他的照片都觉得世事无常，自己的身世太不称心如意，所以她尽量不去看他的照片。倒不是心里怨恨梓，也不是害怕加深对他的思念徒然使自己痛苦。她感觉是自己的过错才使神月提出斩断情缘，自己连他的照片也不该再看了。

她把手放在抽屉边儿上，犹犹豫豫地踮起脚尖，仿佛要去看什么使自己恐惧的东西，却又闭上了眼睛。她颓然将身体靠在抽屉上，想起自己过去总是将好吃的先供在照片下面，然后才撤下来自己吃。她再也忍受不住，转过脸去一靠，身后的抽屉“咣当”一声合上了。她仿佛被攫去灵魂一般，魂不守舍地用双手捂住脸，低头啜泣起来。

少顷，她仿佛苏醒过来一般抬起了头。

对面的角落里，那架小小的两折屏风后面露出一截友禅绸薄棉睡衣的衣角。没有风，灯光纹丝不动。那里躺着一具凄凉落寞而又华美的尸骸，那是蝶吉侍弄的布娃娃。布娃娃身上的薄棉睡衣是用平素陪梓睡觉时穿的那件轮形花纹的长衬衫改成的，挂着红绸里子，配以淡紫色绉绸袖子，里面还鼓囊囊地絮着新棉花，衬着天鹅绒的衣领。她还给娃娃盖了两床黄八丈[①]的棉被。她在榻榻米上用屏风隔出六分之一张席子大小的地方，放上小枕头，让娃娃睡在那里。天花板上

① 绸缎料子，原产于八丈岛而得名，黄底子上印有黑色条纹等图案。

吊着一只做工精致的纸糊大狗，狗耷拉着四只蹄子，一动不动。蝶吉本是个我行我素的疯丫头，按照她的脾气，哪怕去骑自行车也不会对布娃娃产生兴趣。因为堕胎，她和神月斩断了情缘，神月告知她分手的原委之后，她才彻底知道了自己犯下的罪过。因为冥冥之中的缘分，孩子才好不容易投胎到自己腹中，而自己竟没让他见过天日。她觉得愧对孩子，恨不得立马追上孩子，牵住他的手。她仿佛疼爱真孩子一般，每天起床后都给布娃娃换衣服。她抱着娃娃看风车，还把娃娃抱在怀里，将小小的乳头摁在娃娃嘴里，晚上和娃娃挨着睡觉。在外人眼里，她活像一个疯子。

“啊，头好沉，心口痛，身子发飘，睡觉去吧。”

蝶吉把两个枕头并排放好，和衣躺下，抻了抻裙子下摆盖住脚尖，将莹白如玉的手臂搭在娃娃的薄棉睡衣上面，把脸颊贴了上去。

“宝宝，你怎么样了？都怪妈妈不好，玩花牌输得一塌糊涂。我已经两宿没合眼了，头疼得都快裂开了。真对不起。我们六个人一桌，在地窖里没日没夜地点着灯，透不过气来时就往四处洒上醋。我已经快死了。自从你爸爸骂过我，我就决定不再玩花牌，水也都是烧开了再喝。可是你的妈妈已经被抛弃了，我再怎么当心身体也终究没有意义了呀。从认识他那一天起，我就总是对他说：‘要是被你抛弃，我还指不定会变成什么样儿呢。’可他终究还是抛弃了我，还对我说让我不要草率行事。我才不管呢。如果不痛痛快快玩上一场赌注五块的花牌，我甚至都不知道自己是否还活在这世上。

“不过，我要是投河自尽的话，就好像责怪他似的，不知道他该多担心我，而且如果他厌烦了我，就算死了也无法和他结为夫妻了，如果那样可就糟透了。尽管他说并非是讨厌我，而是因为这世上的人情道义，可是我觉得他只顾自己。

“反正我只是想尽早死去，所以我什么也不管了。宝宝，你如果活着就好了，可是你只会吧嗒吧嗒地眨眼睛，什么都不会说，一点儿都没劲。如果我也死了，咱们都是死人了，你就会张嘴说话了吧？‘你毫不知情才做了这样的事，我会原谅你的’，你爸爸也这样说。宝宝，我对你做了残忍的事情，你或许把我当成了恶鬼，当成了毒蛇，原谅我，叫我一声妈妈吧！”

她摩挲着布娃娃，却突然仰面躺下，伸出胳膊借着灯光端详起来。

“哎呀，瘦了呀。熬了夜，又没有洗澡，都变黑了。如果能渐渐瘦没了就好了。”

她拽着袖口拉到肩膀处，又把手向上举起来。和服袖子褪了下来，露出两只手臂，胳膊上用金臂环紧紧地箍着一个天鹅绒的腕符，臂环都快嵌进她柔嫩的肌肤里了，上面偷偷地刻着“神月”的第一个字“神”。

蝶吉睁大水汪汪的眼睛，神思恍惚。她从枕头上爬起身，突然不顾一切地咬住臂环，咬住腕符，摇着头，甩着头发。

“不要嘛，我不要嘛。我不要分手。不要！不要，不要，我不要分手！”她抽抽搭搭地哭着，浑身颤抖，“就算看一眼照片也没什么不可以的吧？不行吗？唉，有什么关系呢？我不管了。”

她猛然站起来，呆呆地望着纸狗。

“啊。”

她叹了口气，又“啪嗒”躺倒在枕头上，无奈地咂咂嘴，“睡吧。”她偎到娃娃身边，“我也睡在你边儿上吧，宝贝儿，来，吃奶。”

她顾不上体面了，敞开怀抱，两手托起那柔软、雪白的一团。可是一看，娃娃的脸突然消失不见了。

心慌意乱

“哎呀，太奇怪了。”

蝶吉大吃一惊，愣住了神儿，却突然记起临出门的时候她拿薄棉睡衣的领子将布娃娃的脸盖住了。

“嗯，刚刚还好像看见你的脸来着，这么说那十有八九是幻觉。”她不禁毛骨悚然，向四周张望了一下，又笑了，“我觉得你长得有点像他，你倒神气起来了。”

说着，蝶吉轻轻拍打着薄棉睡衣，可是手一下子塌了进去，并没有碰到什么东西。

她大吃一惊，想了一想，轻手轻脚地拉开衣领，战战兢兢地掀开薄棉睡衣一看，衣服里子朝外翻卷着，像一朵牡丹花儿，褥子与睡衣之间连张纸都没有。

蝶吉不由得跳了起来，放声大喊：“富儿！”

“唉！”文学士神月梓寄宿在谷中瑞林寺的宿舍里，此刻正端坐在书桌旁读《雨夜物语》，他将视线从书上移开，投向座位对面。

他正襟危坐，双手扶膝，陷入了沉思。接着他把那张借来的读经桌拖到身边，从上面取下一个香盒，拈出一撮香。那香盒是他的心爱之物，据说是很久以前用某处宅邸庭院里面的老梅树木头雕成的。

“这个样子可不行。”

他自责似的喃喃自语，看一眼油灯，再次伏案。房间太大，灯光照不到的旧隔扇那边有点昏暗。隔扇外面传来了咳嗽声。

“先生在用功呢。”寺院里的住持律师[1]云岳一边打招呼一边走了进来。他仿佛被深深地打动，走到学士面前作了一个揖。

“打扰了。我本想来这里找您下一盘围棋，听到您正在读书就停下了脚步。您读的什么？真是不错。虽然隔着隔扇，时断时续听不大真切文章的内容，但我觉得奇怪的是先生您今夜的声音，简直如同白莲花上滚落的露珠，又如溪水上面映着的明月，清澈悦耳，分外令人神清气爽，根本无法形容。听着听着就被吸引，令人落寞寂寥，不由得感伤起来。您读的究竟是什么？”

梓仿佛被道破了心事，说道：“有件事实在蹊跷，上

① 僧官分三级：僧正、僧都、律师。

师。我读的是您熟悉的《雨夜》，不知何故，连我自己也听入了迷，让我十分惊讶。每当那种时候，我就仿佛喝下一滴滴冰冷的清水，连唾液都凉冰冰的。怎么说呢？近来就连说话都觉得唾液发黏，舌头滑溜溜的，难受得很。一半身体仿佛化成了水 ，快要融化了似的，就像被月亮上的水滴清洗过一般。您可能以为这样我就会觉得神清气爽，其实不然，现在这样子……”

说着，梓仿佛有点冷，隔着冰冷的衣服按住胸口。他闭门谢客已有两个半月，他的肌肤越发白皙，眼神越发清澈，嘴唇越发红艳，头发稍显长了点，却比以前更有光泽。他清瘦俊美的容颜甚至让人心生赞叹。

“莫不是心慌意乱？”

黄莺

“也并非疼痛，心里痒痒的，没着没落，拿东西压上又心跳得厉害，难受得很。坐着不动仿佛会倒下去。为排解这种情绪我才大声读书。结果连我自己都觉得吃惊，如您所言，果真声音优美动听。”

“音调直通幽冥，连恶鬼畜生都侧耳倾听，简直不啻聆听美妙的音乐，实在是妙不可言啊。还是您的情绪……”

“我感觉仿佛有附体的邪魔离开了自己。怎么说呢？估计还是那档子事。”

神月微微含笑，羞赧地看着高僧那蓄着白须、红光满面的脸。

“说老实话，我无论如何都无法彻底割舍……”

须得先和诸位解释一下，梓在抽签、问卜、榻榻米算卦、占梦大行其道的人群中出生并长大，而且受到他们的教化。

当初与蝶吉在歌枕频频幽会的时候，神月尚是子爵家的女婿，一掷千金对他来说算不了什么，所以将蝶吉救出苦海也并非难事。

神月和一般人不同，根据自己以往的经历，他深知身陷花街的艺伎们反倒真诚热情、心地善良，格外有一副侠义心肠。然而他毕竟不认为她们拥有纯洁美好的身子。梓拥有纯洁如玉的身体，哪怕他的手掌、他的额头，都不曾淌过一滴不洁净的汗水。他的身上没有黑痣，也没有擦伤的疤痕。当他置身于歌枕的房间与蝶吉同衾共枕之时，尽管燃烧着炽热的情欲，却仿佛有一条冷龙护着他的身体，不让这婀娜多姿的美人玷污他的肌肤。他始终和蝶吉的枕间保持一点距离，然而有一天早上，蝶吉突然惊醒，摇起迷迷糊糊的梓，一边吃惊地环顾四周一边对梓叙说着她的梦境。在梦里，她手持三枝含苞待放的菖蒲花站在暗处，天光大亮，阳光洒了进来，眼见着那三朵花儿沐浴着金色的阳光一齐灿然绽放。她天真地问梓这梦意味着什么，而梓当时恰恰被噩梦缠住，正处于虚幻的烦恼之中。当蝶吉向他讲述自己的梦境时，他羞惭得面红耳赤。他思忖着：她是一朵出淤泥而不染的可爱的白莲花，相形之下反倒是自己的心龌龊卑劣。学士深深懂得了蝶吉纯洁无瑕的心灵。

另有一次，蝶吉被一桌有点身份的军人唤去陪酒，其中有个人说话本来就已经触怒于她，竟还醉醺醺地想将手探到蝶吉胸脯上摸她的无瑕美玉。盛怒之下，蝶吉打了他一记耳光，结果惹得对方勃然大怒，简直就像虎髯倒竖的张飞，照着她的侧腹猛踢，将她踢得呜呜大哭还不算，东道主仍说对不住客人，又将半死不活的蝶吉拖了起来，两个人摁住她的胳膊，用小刀割掉了她前额的头发，将她撵出房间。在场的师姐妹们、女佣，加上闻声跑来的年轻人，无不战战兢兢，没有一人上前制止。讲着讲着蝶吉就气愤难当，颤抖着搂住梓。那种时候，梓简直不能自已，想当场就将她带到车上，把她移植到自家花园里。

当然不仅仅限于那种时候。这女子常对他说不愿意给他惹麻烦，打算当一辈子的艺伎，只求他不要变心抛弃自己就好。蝶吉的话语以及梓的所闻所见无一不是这女子的真性情，深深打动着梓，每一次他都想替她赎身。然而，不能不说还有一种迷信凌驾于他的情感之上。

说到底，自从在天神下梓打定主意要报恩的那一刻起就一直没有机会。转过年来的一月，大学毕业的同窗们在伊豫纹举行新年聚会，蝶吉也在座，同座的还有一位“神机军师朱武”。他住在宿舍二楼，在六张半席子的房间中铺上一块占一半地方的白色熊皮，身着便装便可以从容地指点整个下谷地区。他老早就在酒席上设下妙计，布好伏兵。酒过三巡之后，房间中响起射猎的呐喊声，梓身上那件五个家徽的鱼子纹外褂被出其不意地夺走，披到了蝶吉身上。蝶吉说了声“好高兴”，把它套穿在外出应酬时穿的三件叠穿的和服外面，收紧褂子，拖曳着长裙，一溜烟地跑出房间，不见了踪影。席上众人皆端起满满的啤酒祝贺情郎梓身体健康。梓被缴了械，只着便服，活脱脱违反了公馆家规，托赖夫人通融才得以落荒而逃一般，被人雇车送到歌枕，人事不省，面色苍白。醒来已是拂晓，蝶吉衣不解带地坐在枕边照顾，见他醒来，连忙乖巧地取来腰带递上，又将叠得一丝不苟的裙裤、裙板交给他，最后恋恋不舍地脱下那件和服外褂给他穿上，上面还残留着她的体温和她身上熏香的气息。

梓归宅后径直走了进去，客厅里面，女人们唧唧喳喳嚷成一片。见他开门进来，婢女们吃了一惊，连忙伏地行礼，身后早有一人“啪嗒”一声关紧了门。窗套拉开一半，仿佛一大早遭了突袭一般，一片惊慌，有的手持掸子，有的拿着扫帚，还有的挥着团扇。她们慌不迭地告诉他有只黄莺不知从哪个缝儿里钻进了客厅。黄莺从门楣上飞到那盆如雪一般盛开的梅花的花枝上，活脱脱点缀上去的装饰物。婢女们怕它逃走，意欲拿笤帚将它扑下来，被梓制止了。梓脱下外套一扔，黄莺就被包在里面掉了下来。

二十四岁的梓满心怜爱地将鸟儿小心翼翼地取出，兴冲冲地沿着后檐廊走进夫人龙子的卧室。他靠在枕头边上，叫醒夫人，向她炫耀那只黄莺，可夫人只是冷冷地瞟了一眼，说：“我还没到起床的时间。”就又转过脸去，兀自闭上眼睛。不消说，当时梓也变了颜色。

“抱歉。”

说完，他一径走了出来，站在走廊上命人取来鸟笼，等人拿来的时间里，他一边将鸟儿拢在怀里，一边眺望着远处汤岛的天空。其时，那不知何故落单的鸟儿在梓的怀里“啾啾啾”地叫了三声。

取来鸟笼，他将鸟儿从怀里捧出来，鸟儿却一动不动。他以为或许是鸟儿已经和自己熟络了，却惊讶地发现鸟儿的翅膀已经蜷缩，头也耷拉了下来。他把鸟儿装入描金鸟笼，配上那盆梅花，特意让人拿出去埋掉。那以后他始终不能释怀，每次想帮蝶吉赎身，明知不会如此，却受到自幼形成的思想的支配，觉得那同一件和服外褂就是兆头，恐怕自己将她救出，奉若掌上明珠，不出多少时日，她也会香消玉殒。也许她用不了多久就会患病，反倒成了短命鬼。受到这种想法的牵制，为了让蝶吉长寿，他每每踌躇不决。

“……既然我和她情缘已断，也就问心无愧了，也不会受到人情道义的谴责。说来恐怕我还是对她依依难舍吧。我本打算近日去玉司家，和他们来个了断，哪怕人家议论我讨要赡养费也无所谓了，我心意已决，打算直言相告想要钱替艺伎赎身。然后呢，不用说，不会再和她有任何瓜葛。我只想救她脱离苦海，助她从良。上师啊，说来惭愧，可我还是说了出来。说老实话，我心里期盼着这事，总觉得和她尚未完全断绝关系，只是眼下不再见面了而已。

“刚才有位气度不凡的老妇人来找过我。她一直在玉司家当管家，几十年都未出过宅门办事了，尚不晓得铁路为何物。她是龙子的乳母，实际上就是为那事来的，她劝我回家，对我说：‘小姐就那脾气，打死也不肯说出口。说到底，她也是头一回经历男人。自打您搬了出去，她就终日郁郁寡欢、不肯见人。医生说她是神经衰弱。她患上了失眠症，三四天不能睡觉是家常便饭，有时一星期都不能安睡，烦恼得很。前一阵子，她正迷迷糊糊地打盹儿呢，有个婢女走过檐廊，步子重了点，小姐大怒，抓起小刀掷了过去，差点刺中婢女的胸。最近更是不出房门一步了。她外表再怎么样，我是她的乳母，对她了如指掌。跟我回家吧。听说您最近检点了不少，品行也恢复了从前的样子。’

“这么个极其倔犟的老妇人竟然肯屈尊让步，恐怕不会有假。

“我了解到虽然我夫人那个样子，竟然对我如此情深意重。然而事已至此了啊。

“所以我斩钉截铁地说：‘我谨言慎行，并非故意忍耐给你们看，好回到子爵家里。事情已经无可挽回了，还请她断了这念头。我闭门自省，只是因为愧对先祖。’将她打发回去了。”

“噢。”高僧微微颔首，略加思索，说道，“不，您的心情已经逐渐平静，回答得很好，很不错。”他看了看梓的落寞的神情，说，“这样一来心里觉得爽快了吧？”

“嗯。我也感觉可能是心里爽快了的缘故。当我还有个弄钱的地方，我一门心思只想着利利索索地替她赎身从良。这样想着，内心深处不觉变得暖融融的。如今我断然将乳母打发了回去，并且了解到夫人的情意，我再怎么厚颜无耻，也不能提要钱之事了。如此一来，蝶吉那里就彻底了断了。我仿佛被独自抛在孤岛上，心里凄惶得很。心慌意乱无疑也是缘于这层原因了。惭愧啊！”

说着，学士清俊的笑脸上笼上了几分哀伤。

“啊，不。您还年轻，或许还是不要大彻大悟的好。多点困惑倒也有趣。”

他仿佛真正看破红尘似的说罢，朗声大笑，临走时高声说：

“来人，给先生看茶！”

梓继续伏案，木制书桌的桌角压不住心跳。他心慌意乱，悒郁怔忡，无法平静，终于按捺不住，穿上那件熏香的家常衣服出了门。这种时候，梓的所到之处必是汤岛。

白木盒子

“富儿，过来！富儿，知不知道我的布娃娃哪儿去了？”

蝶吉手忙脚乱，狼狈不堪，大动肝火地喊道。

“就这事儿。”听到喊声，源次胸有成竹地向旁边递了个眼色。

“来了。”圆辅低声说，莫名其妙地拍了下脑袋，缩了缩脖子。他清了清嗓子，拿腔作调地冲着二楼喊道：“阿蝶，怎么一回事啊，哪个布娃娃？别管什么布娃娃了，哪里还顾得上那个。出大事儿了！了不得，了不起呀！”

“什么？”

蝶吉冷冷地甩下两个字。

“哎呀，请屈尊过来一下，你倒是下来趟嘛。”

“富儿！富儿！我叫你呢。” 蝶吉不加理睬，一个劲儿地大声唤着雏妓。

“我说让你屈尊下来趟嘛。那什么，有件大事呢。阿蝶，是神月老爷那里来的。”

“哎？”

“瞧见了吧？”源次捅捅圆辅，得意地笑了。圆辅越发来了劲头。

“神月老爷给你寄包裹了。”

“哎？”

“是神月先生寄来的。”源次在旁边添油加醋。

“不认识。”蝶吉口气虽然冷冰冰的，话语里却有几分缓和了。下面的人听出了端倪，说：“您应该认识呀，是神月先生呢。”

“得了吧。”

“那您就别要了。”圆辅镇定自若，和源次交换了个眼神儿，又不做声了。

“富儿！”

“唉，怎么又是富儿。”说着，圆辅狠狠地瞪了一眼走到了门槛处的雏妓，制止了她。

“我不认识他。”少顷，她的声音充满了柔情，“不，哪来的包裹？”

“都说了是真的，有什么好怀疑的！”源次一本正经地说。

“净扯谎！”蝶吉嘴上虽这么说，却明显踌躇了，楼梯间传来“咚咚”的声音。

底下的人虚张声势地阻止她。

“请等一下，阿蝶，要签收的哟。您要是下来，请带好您的钱夹子。”

“没问题。”

蝶吉如男人般爽快利落。她刚刚哄娃娃睡觉来着，妆容凌乱，衣衫不整，深一脚浅一脚地从楼上走了下来。借着刚才的话，她抽冷子问道：“在哪儿？”那语气仿佛小孩子死气白赖地讨东西，却在人前摆出一副满不在乎的样子。

“好个急性子。师傅你快拿给她吧。”

“还是请您先签收。”

“我输得一塌糊涂，也没有多少了。”

“了不起！”圆辅一把撩起绉绸面、缎子里的薄和服外褂，从灰蓝色腰带中“刷”地抽出扇子，重重地拍下，凑上前去接过纸币，问，“吃什么呢？”

源次收好扇子，说：“哟，师傅。”

“阿升，过来！”

厨房那边应道：“蒙您赏脸了。”

“那么，到底是什么？那邮寄的东西？”

圆辅把脸凑到灯光下，源次则头靠立柱，在阴影里仰起脸，两个人的身体在长火盆前交叉成“X”形。

“多谢让我作陪。”

在对面坐下来的老妇叫阿仓，一副典型的年老色衰的鸨儿嘴脸，眍瞜着眼，花白头发，却把牙齿染得挺漂亮。打胎秘方如何煎制，如何服用，包括堕胎后的处理以及身体保养，全是这个有口臭的老妇一手包办的。

蝶吉千真万确签收了一个包裹，这是她喜出望外的。尽管她极力克制，但毕竟年轻，刚才又出去玩花牌，输得垂头丧气。她曾经一度听从梓的嘱咐，戒掉了花牌，如今又是惭愧又是高兴，尽管极力掩饰，脸上还是现出几分愧色。她用颤抖的双手将包裹拿到亮处，害怕被人看到，眼睛也不抬。由于激动，她连耳朵都涨得通红，毕恭毕敬地左看看、右瞅瞅，可爱极了。

“哎呀呀，还写着‘大和家内松山峰子女士收’呢。”

“峰子女士，哟！”

“得了吧。”蝶吉一脸羞涩，翻过来覆过去地打量那包裹。

“神月寄……哎呀，怎么和平素的字不一样？……总觉得笔迹不大对呢。”

她倒不敢妄加猜疑，只是觉得不对劲，希望别人帮她确认一下，所以才故意这么诧异地嘀咕。

“他故意换个字迹写的呗，没什么好多心的。”老妇煞有介事。

“是啊，包裹个头可真不小哇，不知道寄的什么？”

蝶吉将它捧在手里，闭上眼睛，仿佛那是玉匣子[①]似的。

“是什么？”

“什么东西？”

---

① “玉匣子”是日本民间故事“浦岛太郎”里的故事，引用这个典故形容蝶吉想知道盒子内容的迫切心情。

“对呀！”

“先来猜个谜，猜对了再请回客，如何？”源次落落大方地说，“咱是下里巴人。”

“反正不是什么值钱东西啦。”蝶吉笑眯眯的，极力克制着。

圆辅照例嚷了一声：“哟！”

“你们就尽情取笑好了。”蝶吉并不生气，兴冲冲地抱起盒子斜放在膝盖上，拔下簪子，轻轻拿在手里。

“封得太严实了。”说着，她像煞费苦心的能工巧匠一般注视着盒子，用簪子尖儿划开封口。

打开外面的包装，大和新闻“哗啦”在膝头展开。那里面、那里面竟是个像文卷匣那样的木盒子！

“快瞧快瞧！拆着封儿，阿蝶连神情都变温柔了。”

“这是怎么回事？太奇怪了。”源次酸溜溜地说道。

“你们捉弄我也该捉弄够了。”

“实在用不着端这副架子吧？腮帮子都鼓起来了。”

“竭尽全力呀，哎，真受不了。”

“瞧，她笑了。”

蝶吉嫣然一笑，丢下句“失陪了”，突然间抢东西一般抱起包裹，踢踏着裙子下摆上楼去了。

圆辅吃了一惊，瘫倒在座位上，说：“不得了了。”

“原谅我吧！我只当你不再理我了，所以才自暴自弃，又出去赌花牌了，请你原谅我，好吗？我辜负了你的一片苦心。不过也是没办法呀。从今以后我保证乖乖听话！你以为我一直听你话来着，对吗？我不好，我可以打开吗？好高兴！”

蝶吉将照片紧紧抱在胸前，哆嗦成一团。有了这个音讯，她仿佛觉得已经得到了他的原谅，所以一上楼就先将神月的照片抱在怀里。

她还是惦记着盒子里的东西，忐忑不安，双手颤抖着，连心跳都几乎停止了。她拿照片压住怦怦直跳的胸口，使尽全力打开了盖子。

盒子里放着一个裸体布娃娃，身上连片报纸都没有裹。

蝶吉当即变了颜色。

“哎呀呀，好奇怪，是为了讽刺我才寄来的吗？已经将我抛弃了，还要这样做，他不是这样的人！”

此刻，她才发现那正是自己的娃娃。

蝶吉感觉像在做梦。二楼的这间房间灯光昏暗，四周鸦雀无声，收拾得整洁漂亮。她毛骨悚然地环视着房间，猛然记起方才的事情来。神月寄来了包裹，搞得她神魂颠倒，竟把这事给忘了。蝶吉不由得打了个寒战，将箱子“啪嗒”一声掀翻在地上站起身。并非顾忌什么，她却踮起脚尖，蹑手蹑脚地走过去，掀开被子一看，里面竟然空无一物！她果断地将白皙的手伸进那冷冰冰的小被窝，她精心给娃娃缝制并穿在身上的窄袖和服、长衬衫，甚至绉绸长腰带统统留在里面，团成一团。蝶吉屏住呼吸，咽了口唾沫，直愣愣地坐下，将衣服拖到眼前凝神看着，面如死灰，眼泪扑簌簌地淌了下来。她哆哆嗦嗦地扑了上去。

“宝宝！”

她伸出手抓住娃娃胸脯，想把那可怜的裸体娃娃抱起来，可是娃娃的头居然掉了下来，胳膊腿儿也七零八落，蝶吉手里只剩下一截圆不溜秋的躯干！

“不要！”

蝶吉大喊一声，仿佛抓住了一条蛇，“砰”地将它甩了出去，那东西腾空而起，落到了穿衣镜前面。

“哎呀！”

楼下哄堂大笑。圆辅夸张地摆出一本正经的架势。

“刚才那声音一准是……”

“嘘！”

源次使了个眼神制止了他，一副如愿以偿的样子。

“我将云井[①]的包装纸揭下来贴上去，用墨盖了个邮戳，就这两下子……”

“什么东西！”

“哟，可让我开了眼喽。”

“可恶！”

蝶吉低低的啜泣声传了过来，在屋子里回响着。她两手扯着腰带的两端用力勒着，踉踉跄跄地走下楼梯，面无人色。

她脸色煞白，柳眉倒竖，由于紧咬牙关，嘴角有些上扭。她狠狠地拽过在一旁发呆的雏妓，仿佛要将她的小手捏

① 一种上等香烟的牌子。

碎了一般。

“哎呀，姐姐。”

“来，告诉我，告诉我！我不会放过他！是谁把我的布娃娃弄成了那个样子？不许说不知道，我那样托付过你……”她用尽力气一字一顿地说着，身体筛糠一般，额头上暴起青筋。

“胳膊腿都弄散了，太狠心了，好狠心哪。是谁？说！快告诉我！姐姐我可是明里暗里终日庇护着你。告诉我，快！你这浑蛋不肯说吗？”

“痛，姐姐。”

雏妓忍受不住，终于“哇”地放声大哭。

灰飞烟灭

“哟，哟，你这是怎么了？下手太重了。”

老妇单膝跪坐，直起身子，揪住蝶吉的袖子想把她们拉开。蝶吉一扭身将她甩开，回过头狠狠地瞪着她。

“婆婆，我也恨你。你拿些胡言乱语诓骗我，还问我肚子疼不疼，哄我说什么给我按摩，而我竟把你当成了好心人。好可恶！畜生，放手！你要做什么？”

“哎呀，吓死人了，可吓死人了。哼！”老妇蛮横跋扈。蝶吉红了眼，眼见着就要猛扑过去了，目瞪口呆的圆辅插到她俩之间。

“我说……”

“咦？我的身体岂是你们那手随便碰得的，我可是有丈夫的人，你这臭跑场子的！”

蝶吉扬手给了他一记耳光。

“了不得了。”

圆辅抱住脑袋，大吃一惊。

“有丈夫了？够吓人的嘛。明明是你被人家甩了，反倒颠倒黑白地怨接生婆！”

源次未曾料及于此，出言相讥。他本来抱着个极贪婪的念头，想戏弄蝶吉一番，骗她请客，大家笑一场，也为木屐那事出口气，然后和她重归于好，让她瞧瞧自己的狡诈之处，没准儿还能回心转意爱上自己呢。源次打着自己的如意算盘，于是这天夜里穿上短号衣，打扮得潇潇洒洒，腆胸叠肚地来到这里。这恶作剧也做过了头，他把布娃娃的胳膊腿儿拧掉了，惹得蝶吉勃然变色，不似寻常模样。看这光景，不是轻易平息得了的，于是他想溜之大吉。临走时他还恶言相向，啐了一口，说：“活该！”他竟也没忘记把烟袋荷包拿起系上，抬起白生生的脚丫子站起来大踏步往外走。

“等等！”

“哎。”

“是你捣的鬼吧？浑蛋阿源，是你吧？”

“不，是我。”

大和屋的鸨儿神态自若地边说边径直走了进来。她叫莺吉，徐娘半老，手段了得，颇有几分姿色。她全身上下穿着清一色的细条纹棉布衣裙，一边将自家柜台扫视了一圈——那里围满了人，活像被暴风雨赶到屋檐下一般，一边不紧不慢地走到长火盆的对面，端端正正地在铺着黑色天鹅绒大坐垫的座位上坐好。她说了声“好冷”！肩膀抖了抖。

“大家都静一下，阿蝶也坐下。”

“你说什么？”蝶吉并不坐下，转过身定定地盯着鸨儿，厉声说道，“居然是你做了坏事呀！”

“嗯，是我。”

“什么？”

“你站在那儿干什么？”

“坐下又怎样？”

“哎呀呀，这女人情绪太激动了，得给她浇盆水让她清醒清醒了。”

“算了，老板娘。”圆辅愁眉苦脸地说。

“阿蝶，我可是你的主人哟。”

“哼，我又不是你的包身艺伎！谁会给你这种冷酷无情、不通情理的人做包身艺伎！你利用人家无知，就给人吃下药！就是因为这事，我才见不着他了，我现在可是连命都不要了。你也太没有同情心了，碍着你什么事了，你竟把这娃娃毁了，啊？那事有多缺德你心知肚明，却教唆我，逼着我做了那种事，你还嫌不够吗？畜生！你这不懂人味儿的乡巴佬儿！我可是在仲之町长大的！”

蝶吉呜咽着，说了一堆没头没脑的话。

“闭嘴！闭嘴！闭嘴！怎么，还不闭嘴吗？”

说着，鸨儿拿起长烟袋杆狠狠抽打蝶吉的肩膀。

“畜生！”

“好狂哟。要想抱怨先还钱来！莫名其妙。对不起，你还借了一屁股债呢。没错儿，我也原是因为大小姐你在仲之町长大，才破例借了你那么多钱。你自己不争气，交上个情人，还弄得怀了孕，也不嫌寒碜。就你那身子一准难产，我怕你浑身是血地死去才大发慈悲，帮你堕胎。况且你还耽误买卖。弄你来可不是为专门抚慰你的。大小姐你也适可而止吧。疯子！你从早到晚光顾得瞎捣鼓布娃娃，谁受得了？再说也妨碍别的姑娘，二楼要挤住五六个人，你摆那么个东西也碍事儿。我看你脸蛋儿生得白净，技艺也高超，还算叫座儿，这才对你睁一只眼闭一只眼，你竟得意忘形，恣意妄为。你说什么，‘畜生’？再说一遍试试！你不说，逼着你也得说！”

鸨儿站起来，隔着火盆，狠狠地抽打蝶吉的脖子。

“神月！”

蝶吉半疯狂地哀叫着。

“算了吧，算了吧，老板娘。”

圆辅插不上手，频频地搓着双手。

“这嘴里也太没个轻重了。”老妇嘟囔道。

“你别管，不偶尔这么教训她一顿的话，她就得了意，上脸了。神月又怎么样？人家都不要你了，你还说什么？简直没有比你更寒碜的了。能把他叫来的话你尽可以叫。”

“哎，别以为我叫不来。”

蝶吉抽抽搭搭地说着，想要站起来，却被老妇用力摁住了。

“你要做什么？”

蝶吉虚弱不堪，无力地瘫倒在地。

“可恶！可恶！可恶！可恶！你们到底要把我怎么样？反正我也活不了了，来吧，干脆杀了我吧！”

她像小孩子撒娇一样，侧身坐起，脸上和身上宛如从水里捞出来一般淌满了汗，不管不顾地反抗着。

“哪能杀了你？你身上可还押着一大笔钱呢，对吧，婆婆？呵呵呵呵……”

“您说得对极了，哈哈哈哈……”

她们放声大笑，干脆不理睬蝶吉。

蝶吉面无人色，披头散发，抽抽搭搭地哭着。

“不杀我也罢，也罢。我讨厌这样，你们住手，我反正也活不了了。我会告诉神月先生，你们要记好喽。没有一个人在乎我，这世上全是魔鬼。”

她好像已经癫狂了，口齿不清，语无伦次。

“喂，你还不清醒清醒！”

蝶吉无力地靠在摁住自己的敌人的胳膊上。她靠在老妇的膝盖上，急促地喘息着，胸口又挨了一烟杆儿。

突然，蝶吉把犬齿咬得咯咯作响，如脱兔一般一把掀翻火盆上的铁壶，“咣当”一声灰飞烟灭，灯光也暗了下来，一眨眼的工夫，蝶吉已经跑得不见了踪影。

“等等！”

源次挡在门口想拦住她。

蝶吉也不应声，直勾勾地瞪着他，抡起两只手中拎着的木屐打了过去，一只手抡在源次半边脸上，将他打退，另一只手抡在毛玻璃门上，将玻璃击得粉碎。蝶吉掉头跑出门去，仿佛被线牵引着一般跑远。

“喂！站住！”

学士心慌意乱，再也无法继续在瑞林寺的寓所里压住胸口端坐。这种时候，他总是跑到汤岛去消磨时间。谷中的路上一片漆黑，一名年轻警察冷不丁地抓住了他的胳膊。

梓心平气和，一点也不惊慌，本来也就没什么好吃惊的。他安详地回过头来，问：“叫我？”

“到哪里去？你这家伙？”

警察言语粗鲁，口气很冲。

“我要去谷中。”

“噢，到坟圈子里去睡觉吗？撒谎！你这家伙是小偷吧？”

警察像个疯子一样胡言乱语。梓打量了他一下，发现这年轻警察并非存心诬蔑自己，也并非对罪犯恨之入骨，他仅仅是出于对本职工作的热忱，意气用事不能控制自己而已。

“不需你来操心。”

梓面带微笑，冷冷地回答。无论是看看他清秀的脸庞还是闻闻他身上令人怀念的熏香气息，都能知道这是一位儒雅的青年，可这警察对工作热心过了头。

“报上你的名字，门牌号多少？”

“……”

“喂！”

警察用令人吃惊的大声喝骂道。

倒也并没有什么可顾忌的，不过自己的名字可不能随便报上。神月吞吞吐吐、闪烁其词地说：

“玉……月。”

“玉、玉……玉什么？”

警察可不含糊，连珠炮一般咄咄逼人。

“玉月，嗯，秋太郎。”

神月不由得慌了神。

“家住哪里？”

“住宿舍。”

“什么地方？叫什么？快说！”

被人追问着，神月吃了一惊，踌躇起来，觉得自己把事情弄糟了。

警察对着他的半边脸就是狠狠一拳，气势汹汹地说：“跟我走！”

如蒲柳般文弱的翩翩公子有生以来还未曾受过这等奇耻大辱。夜里看不真切，但他勃然变色。

“你！”

“说什么浑话！你什么你！”

说着他又抡起了胳膊。梓紧紧地抓住他的胳膊，用颤抖的声音说：“告诉你我的名字吧。”

“什么？”

“我叫神月梓。”

说着，他把那胳膊推了回去，吁了口气，低下头。学士感觉在这等情形下报上自己的名字是莫大的耻辱。

听到这里，警察也并不盘诘他为何假报姓名，声音骤然缓和了下来。

“是神月吧？”

“有何贵干？”

神月余怒未消，冷冷应道。

“原来是这么回事啊……不管怎样，到警署来一趟吧。”说完，警察给他讲述了其中原委。

就在刚才，根津的警署里抓了一个衣衫凌乱的女人，口口声声说要找一个叫神月的人，说些没头没脑的话。路人举报说，这女人刚开始走在路上的时候后面还跟着个男人。女人穿得不错，而且姿色很出众。警察就断定可能是被扒手或心怀不轨的人盯上了，所以一边审讯那女人一边派人巡逻，搜查歹徒。讲到这里，警察嘲弄般地看着梓，说：“噢，原来是个色情狂丈夫啊。”

星

没错儿，“色情狂丈夫”。从警察嘴里听到这话，梓绝望了。

于是梓怀着踏上黄泉路的心情走过了弥生町，来到根津。夜已阑珊，倒没有什么围观的人。警署里，蝶吉被双手反剪着，侧着脸摁在盛满水的水桶里，嘤嘤哭泣。

腰带被解开了，连同束腰的细带子一起被堆在桌子上。桌上还堆着那把她以前爱不释手的小镜子、镂空描金的玳瑁发梳等东西。旁边散乱的白纸中夹杂着那个梓所熟悉的锦绸钱夹，凌乱不堪。蝶吉也宛如遭人强暴过，让三个人摁住动弹不得。其中一人拿勺子舀水从她头上浇下，她的黑发变成了一堆海藻。她瑟瑟发抖，前胸和裙摆也散开了，连乳房都露了出来。

梓咬牙切齿，猛地冲了过去，指责警察的所作所为。然而警察的回答十分明了，且合情合理。

蝶吉的疯狂让人难以对付，拉住她想让她平静下来，她就说自己是有主的人，不许碰她的身体一个指头，横冲直撞，拔下簪子乱捅乱戳，有一名警察的手背就被戳伤了。好容易捉住她也还是危险，所以才不得不将她的双手反剪到背后。而且为了查找她的住址、姓名、身份等相关线索，不得不检查她随身携带的物品。因为怀疑她路上或许受过什么伤害，迫不得已才脱了她的和服对她进行全身检查，当然也不得不解开她的腰带。她火气太大，流了好多鼻血，刚才是在给她用凉水冰镇进行护理。学士来到这里时，他们已经查明一路上尾随女人的男人是谁了。

有一个人正靠着警署的窗户，托着腮看热闹。他身穿带家徽的和服，目光犀利。刚才那人就是他。这名绅士也是个读书人，曾与学士有过积怨，如今沦为东京一家小报的采访记者。

“喂，神月。”

学士并不搭腔，他对警察更是无话可说，只是抱起让人不忍再看的、死人一样的蝶吉，将她横放在自己膝头。

“我是神月。”

蝶吉出其不意地扑了过来，紧紧地抱住他不肯松手，几乎要把他的骨头挤碎。他哄着她，给她系好腰带，拉上胸口的衣服，又帮她穿好东一只西一只的木屐，牵起她的手，刚要走出警署，有人喊：“喂！忘东西了。”扔出一样东西来。

那是他二十岁时的照片。照片上的他身穿大学制服，腋下夹着折叠式书包。他拾起照片，消失在方形灯照不到的暗夜中。深夜的马路上响起车子跑过的声音，一辆人力车在这都城的一隅响着铃铛疾驰而过，穿过山下到达广德寺门前。二人合乘的车上，蝶吉躺在里面，乌黑的秀发几乎披散到车的挡泥板上，梓把脸贴在蝶吉扬起的面颊上。那时两个人还搂抱在一起，尸体在大川中被发现时却各自分开了。

男的双手紧紧地捂着脸，怎么掰都掰不开。女的双手缠着细带放在胸前。

遗体下葬的时候，一阵疾风刮过，飞沙走石，天昏地暗，半个都城都笼罩在黑暗中，暴雨如瀑布般倾泻而下。棺木是大白天摸着黑运到的，而抵达寺庙之时却已是一碧如洗的晴空。

神月梓和松山峰子二人的坟墓并立在谷中的瑞林寺里。

梓生前的三位挚友前来凭吊。还有一人也悄悄赶来祭奠，她就是玉司子爵夫人龙子。一天晚上，龙子在坟前与三位学士不期而遇，她央求一般跪在地上请他们以自己的名誉起誓，严守她前来祭奠的秘密，不把这事张扬出去。哲学家当即在灵前合掌起誓，柳泽在墓碑后面脸色凝重地点了点头，唯独龙田将红润的面庞埋在柳泽的胸前摇了摇头，潸然泪下。

当时那两颗星想必正在闪烁，或者紫色或者绿色，璀璨无比。

汤女之魂

湯女の魂

一

我无事生非，着实惶恐。不过还烦请您用心倾听片刻。

纵使在八宗之内，对真言宗[1]讲什么秘法之道或者念九言咒语之类也是无稽之谈。因为此宗派的出家人说到底就是从一开始采取冬季冷水盥沐、绝食等诸多方式修行。他们将目标之物置于对面，对着它念咒、结印，积累修炼功力。

据说修炼至炉火纯青之时，隐身避水遁火之术自不待言，还能随心所欲地施展法术。

话说有一真言寺小僧，夜间从墓地中穿行，见到白色物体悬挂于树木之间飘飘忽忽地晃动。天色甚为昏暗，又是那样的地方，小僧由于极度恐惧而簌簌抖得上牙合不拢下牙，战战兢兢地念着咒语逃了回来。翌日看时，晾在那里的单和服竟然被撕成碎片。说是修行不深的小僧对着那东西念九言

① 佛教的一个宗派，由空海创立。

咒语起了作用，导致竹摧棒折。

不过，听闻有人对一个和尚说那不过是唬人之语，现如今不会有那种事情发生，于是和尚不动声色地微微一笑，伸出拇指让他看。有点像单口相声中的滑稽对答，就那样让他看那拇指。

然后和尚开口说道：“看这拇指，你以为它有多大功力？譬如在店门前有群小和尚在吵吵嚷嚷，你试着伸出拇指对他们说声‘来了’看看，立马就会鸦雀无声。再者，试试对年轻人伸一下小指看看会怎样。在银座大街上举起手，铁道马车或许就会停下。如果再添支笛子，举起手吹笛子的话，火车会从停车场驶出。用得其所，则可人命相关，亦可牵动喜怒哀乐之情。夸张点说，未必不能成为关系国家安危的机会，就这拇指、这小指，包括这单只手的功力。”

更何况念诵“临兵斗者皆阵列在前”、“令百由旬[①]内无诸哀艰”之类四纵五行的九言咒语，其神奇功力怕是难以估量了。

哎呀，又扯远了，真对不住。我冒冒失失讲述的故事之中有一个说的是深山中有一处孤零零的小屋，里面住着一个怪异妇人，她念诵着“智仁勇武御世之珍宝”结印蝙蝠。现在我就来讲一下。

故事讲的是一个叫做小宫山良介的学生，有年夏天周游

---

① “由旬”是古印度的长度计量单位。据佛音论师说，一由旬相当于一只公牛走一天的距离，大约七英里，即11.2公里。

北陆道时，在一处名为越中国小川的温泉那里受人之托将汤女[①]的魂魄千里迢迢带回东京。

越中有处叫“泊”的、住着数千人家的繁华小镇。从伏木乘上汽船，经过富山岩濑、四日市、鱼津，到达泊镇，然后再走过线鱼川、关、亲不知、五智，就到了直江津。

那一日，小宫山一早就从富山出发，到达泊镇时已是午后三点半左右。说是个繁华所在，也无非是条沿海街道，并无所谓里街、横街之类地方。他走进那条街中央的一处茶店歇息一下疲惫的双腿。

① 原指温泉里搓澡的女佣，以后指温泉里陪客的女侍，类似艺伎。

二

喝着廉价苦茶，小宫山举目四望。街道上又是别有一番景象。此时倒是难得听见驿路上的铃音，然而马、车、满街的行人、去本愿寺参拜的修行之人，混杂着卖豆腐的、卖鱼的、邮差等各色人等，络绎不绝。“早稻香飘，入得稻田右望，碧波荡漾有矶海”——松尾芭蕉[①]的名句说的就是这附近的名代荒海。许是三十吨至五十吨的越后丸号、观音丸号之类出入其间排放的烟飘荡在海面之故，烟的颜色愈发浓重而有气势。

茶店后面远近的绵延的山脉在那日风平浪静的海面的衬托下反倒越发显得波澜起伏。

小宫山逍遥自在地歇着脚，若有所思地喊来茶店主人。

“老板，有件事想打听一下。”

---

① 江户前期著名的俳人，前面是他的俳句。

“哎，您有何吩咐？冰见青花鱼的咸淡、放生津鳕鱼的好赖、线鱼川的流水情况、海豚参拜五智如来[1]的光景以及它的叫声，再往远些说，就连越后那八百八十个寡妇的姻缘和信浓川上桥的数量我都无所不晓，哈哈哈。”

他裸着一只臂膀，身手敏捷，嘴皮子也利索。小宫山也不禁莞尔。

“那可真不容易。不过我并不想打听那些。”

“那可太遗憾了。”

“有何遗憾？”

“我想打听的是这里一处叫小川的温泉，可有这事儿？”

“嗯，当然有。在人迹罕至的深山中，有个猎人发现一只白鹭将受伤之处浸在温泉中疗伤，这才被开发出来。说到底，那是镇上一家财主的属地，所以只是搭了个小棚子半施舍似的将泉水施给附近居民。结果，哎呀，盲人开眼、跛子站立、小孩子生了出来、奶水有了，当真了不得的功效。哎哟，人们就像参神拜佛一般从四面八方赶来，络绎不绝地来泡温泉。

“说来，如今的继承者建起四五处二层房子，房间华美、饭菜新异，成了一处气派而地道的温泉。我这样的乡下人就不得而知了，反正听说在江户日本桥那里，有医生啦、有马温泉啊什么的，艺伎们会吟唱小川温泉。这些您或许会

① 密教中传说如来佛祖具备“法界体性智、大圆镜智、平等性智、妙观察智、成所作智”五大智慧。

知道吧？怎么样？”

被反守为攻地将话题抛向自己，小宫山登时张口结舌。

“作为地方繁荣的根基，那是可喜可贺的。现在到那小川温泉还有多远的路程？”

“对呀，您这还要赶路的吧？那样的话，走山路要三里半[①]。如果您向车夫之流打听，他们会说有五里半、六里什么的，那是他们一站路的价码，其实是无稽之谈。”

“嗯，三里半还罢了。那么可有一处叫柏屋的温泉旅馆？”

“柏屋！那可是小川一等一的旅馆了。榻榻米最近刚刚换成新的，拉门近日也刚换过，洗澡水烧得热气腾腾的。”

店主说着这些与他的年龄不太匹配的话，一边盯着小宫山的脸极力压低嗓门，一副神秘兮兮的模样。

“嘿嘿，那里有个不错的女子呢。”

“你说的什么！”

“嘿嘿，我给您添茶。”

“已经喝得够多的了。”

说着，小宫山转身将喝剩的茶“噗”地倒在帆布马扎旁边，起身整装待发。

---

① 日语中的距离计量单位，与中文的里不同，这里1里相当于3.9273公里，下文的“里”与此相同。

三

当着店主，小宫山冷冷地将女人的话题顶了回去，暗地里却并非不为所动。说来，他有个名叫筱田的同窗好友，屡次听筱田说起，如果阁下有机会周游北陆道，住宿的话不用问，就去小川温泉住在柏屋好了，因为那里有个叫于雪的女子，那可是根津、莺谷难得一见，在乡下极为罕见的漂亮女子。不过，那可不仅仅是有个漂亮女子那么简单，小宫山不由觉得那和筱田可不是一般关系。反正也要在中途住上一宿，与其住在枯燥无聊的旅店，倒不如去那多少有点风情的柏屋。

于是，作为对店主介绍的酬谢，小宫山往托盘里扔下钱后就离开了茶店，沿着写有“小川温泉道”的指示木桩行进。他身着藏青地碎白花纹单衣，腰系白色绉绸整幅腰带，头戴麦秸草帽，脚穿绑腿和草鞋，将行李分成前后两段搭在肩上。路上背阴，所以他折好洋伞提在手里。

大约走了两里路，到了前面缓而长的慢坡，如此又走了有一里半路。急切赶路的旅人心里正盘算着大约走了三里半的时候，总算到了小川温泉。

他心仪的那家旅馆一问便知，非常有名，叫做柏屋金藏。

就这样，小宫山径直来到了门口。

“欢迎光临！”

“您来得早啊！”

“您辛苦了！”

女侍们七嘴八舌地迎了出来。

柜台上的店主将算盘一推，说道：“哎，欢迎入浴，这就给您带路。”

他殷勤备至，俨然招待贵公子。对待身着如前所述的衣衫，脚蹬草鞋，加之又汗流浃背、风尘仆仆的旅人，他们的招待过分殷勤。这处温泉距泊镇只有四五里之遥，积雪却能厚达两三尺。冬天压根儿没有入浴客人，此处就腾给了野猪、狼、猿之类，或鹭鸶判官、雁九郎等[①]稀客。旅店则撤到泊镇。热闹时节是在百花盛开、盛夏三伏之时。眼下不过是九月中旬，尚是初秋，北国却早已凉风瑟瑟，所以不会有在此逗留的客人。楼上楼下都是珈蓝佛堂，偶尔会有客人怀着遇难船只找寻山阴的心情来此。

“请这边来。”侍女在前带路。房间里面设有一个大

① 泛指野兽。

厅，有十京间[①]大小，内有堂而皇之的壁龛，榻榻米也崭新光滑，隔扇和天棚都熠熠生辉。壁龛正面挂着一轴衔着草药的神农画像——不知出自谁的手笔。花儿插的是海滨松，那一带流行的是远州流派的插花，可由于主人的独断，它端端庄庄地插在那里。

小宫山在那前面悠然却步。

免去倒茶、拿烟灰缸、寒暄客套，小宫山当即换好浴衣，去洗了澡。温泉的美景透彻肌骨、风儿轻轻吹上身体，小宫山借来棉和服舒展手脚，无拘无束地品着越雪茶点。啊！棉和服、秋风、越雪茶点，连同这里的待客之道都和山溪清凉的潺潺水声一样寂然萧索。

洗完澡，困意袭来，也懒得写旅行游记了。进来时柜台迎头招呼也好，被带到房间也好，拿来浴衣也好，说“我帮您搓澡”也好，都仿佛难以捕捉，一一交叠而过。莫说根津、莺谷，就连柳原都难得一见的那个于雪怎么办？啊呀，这女子的名字又让人寒意顿生，如此一来，晚上看来非得来上一杯热酒不可了。

① 榻榻米面积单位的一种，1京间相当于长6尺3寸、宽3尺1寸5分的面积。

四

香鱼肥硕是越中的骄傲。眼下已到香鱼顺流而下的时节，它比放生津的鳕鱼和冰见的青花鱼更胜一筹，所以小宫山让人做了烤香鱼串。汤用的是汤山的头茬蘑菇，还做了煎鸡蛋之类，又让人斟上一壶酒，甩干酒杯里的残水开始用饭。

“大姐[1]，你也来点儿。”

说这话时，小宫山已有几分酒意。对面跟随伺候的不是要找的于雪，或许是初霜吧。女子薄施粉黛的后颈匀称好看，二十岁上下，妩媚动人。她颇能喝个三杯两盏，海阔天空聊得十分起劲，小宫山也兴致盎然，不觉喝掉了三四合[2]酒。

座位后的插花是远州流派，前面为池坊流派。小宫山一副古风做派，将腿分开，杯子一撂。

---

① 日语中对年轻女性通常使用的称呼。

② 日语中的容量计量单位，一合相当于十分之一升。

“大姐，没必要重新再问了，这里确是柏屋吧？”

“是的，没错儿。”

“柏屋的话，那什么，应该有位大姐。”

“我们总共四人。”

“四人？果真是四个人？”

“喜代、美津、于雪，外加我。”

“什么？有个叫于雪的？”

小宫山俨然掘到金矿，之前的话得到印证，不由得精神抖擞，想乘胜追击却又觉得此事非同小可。

“噢。”

小宫山故意拿腔作调地摆出一副严肃面孔。

“对了，你叫什么名字？”

“哦，您这是问我呢，我没什么名字。”

“不不，你叫什么？”

“去问于雪好了，您是认识她的喽，让人嫉羡呢。不过，可怜的是，于雪，唉，已经染病卧床有段日子了。”

“什么？病了？”

“嗯，一种拖沓积黏、不明就里的病。最近气候又有变化，她似乎明显衰弱了，病病恹恹不成样子，不过既然您有吩咐，我帮您去叫一下吧。”

“不，那倒不必了。”

“哦，她必定会来的吧，既然是阁下您的事情。”

“怎么说呢？我也并不认识她，只是因为路上听人说起她是个不错的女子。你别介意，如何？”

“劳驾您了，不敢当。”

说完，她一时无语。小宫山又想了起来。

“你叫什么名字呢？”

“小女子名叫柏屋。”

小宫山苦笑，无计可施。

“那么，柏屋大姐，听我说句话。”

“我给您斟酒。我来做也未尝不可吧，就这活儿。”

“不，两码事。就算于雪在，酒我也喝不下了。”

“那给您盛饭吧。不过这伺候饭菜的活计另当别论，我让别人来吧。”

“什么，哪里用得着。照顾照顾，给多盛点儿，如何？”

“什么话！出门在外，只有当差的才会让人多盛点儿，老爷可都是吃完再添的。好了，您的饭。”

“你可真够诙谐。哎，柏屋大姐，请告诉我真名字吧！”

“小女子名叫柏屋。”

“我问的是你的名字！”

“小女子名叫柏屋。”

她麻利地盛着饭，娇俏可人。

五

吃饭时尚能发几句牢骚，眼下到了就寝时间，估计连那也不能够了，小宫山心里有些忐忑。可是那女子乖顺地将被褥铺好。寝具自不必说，她不仅铺好被褥，还在枕边火盆上面放上水壶、茶盘，在香烟盘上摆上火柴，妥帖周到。

过于顺风顺水，小宫山感到一种莫名的忐忑。女子殷勤地双手伏地行礼。

“好了，请您好好安歇。时辰尚早，我们都还不会睡下，您有事的话不必顾虑，拍手招呼就是。另外，洗澡水整晚都烧着，几次都行，您随便入浴，这对解除疲劳和保持健康都大有裨益。”

她沉静端庄地寒暄着，别具一番风致。小宫山也摆出一本正经的样子。

“承蒙照顾。托你的福，我得以舒舒服服地放松手脚。

大姐你也请安歇。”

“是，多谢。那我就告退了。”

说着就要起身离去，可是她突然又重新跪坐好。小宫山吃了一惊，暗自好笑，以为她要自报家门。

结果，女子四下环顾，然后急切地靠上前来。

“这个时候冒昧开口，实在不好意思。您周游四方，可曾碰到过什么吓人之事？”

小宫山觉得这发问莫名其妙，随即应道：“没有。实在幸运，我既没有碰上暴风雨，海上也平安无事，又没有错过列车。途中倒也没碰上拦路打劫那样的破财之事。即便遇着，我也没有值得打主意的钱财，况且我还健步如飞，日行十里八里，嚼着饭团，四海为家。所以迄今尚未遇着什么吓人之事。”

“不，不是那些事。我是说，狐狸作祟、秃头怪现身之类的事情。”

“不要说傻话。除了小孩子会长大，新媳妇会熬成婆，现如今哪有什么妖怪之说？”

听了这话，她不以为然地笑了。小宫山反倒警觉起来，不晓得这女子要说什么。

“实在不好意思，实际上有点事相求于您。不是别的，就是刚才您提到的于雪——那个不错的女子，不知何故身体衰弱成那个样子了。她平白无故地就染了病，已有三两个月了。大约十天前开始越发地痛苦不堪，而看个医生也得走上三里路。说吃药治疗吧，可是您说，谁都想不出那是什么症候，只是让她吃些补养身体的东西。最近越发消瘦起来，连粥也只能喝口稀的了。她性情不错，素来柔顺，我们连同掌柜的都很是为此焦虑不已。可她既不是哪里疼痛，又不是有什么苦楚，也没有什么病症。所以呀，您说，她那病不是感冒、腹痛之类，唉，说来怕是被邪祟附体或是被狐狸什么的缠上了吧。她那症候着实不一般。她每晚都同一时间被魇住。”

小宫山也觉得很稀奇。

六

“您不知道她那个时候有多吓人！于雪呻吟着嘤嘤哭泣，痛苦不已，挣脱不开，痛不欲生。并且您不知道，她就像要抓住谁说话似的，仿佛在说‘什么？你是谁？’那种时候，我们这里的人压根儿不敢近前。毕竟呵，像是有妖邪的东西在病人房间里蹿动。远远地，大家都掩上耳朵，趴着不动。

“所以，她痛苦不堪时守在她身边安抚她这类事情无论如何也无人能做到。病人说比起吃药什么的就只想安安稳稳、舒舒心心睡上一觉，反正也无药可救了，希望至少能将那作为美好回忆去死。她经常喘吁吁地这么说呢。大家也都为她担心，希望能满足她那点愿望。请人诵经加持，可这一带净是些狐狸法师、章鱼得道之类的江湖骗子，压根儿指望不上呀。

“或许能让她赖以依靠的，非得是强健有力、于雪本人认为能够指望得上的人吧。话虽如此，时常光临这里的那些客人，让他们来玩犹可，提到妖怪他们就怯了。净是些懦弱的乡巴佬，说什么咱们是被蟒蛇咬到导致秃顶才来温泉治疗啦，因为给狐狸喂了蚯蚓所以肚子疼啦，被天狗弄折胳膊啦，说些连我们都觉得荒诞的事。可他们是认真的吧。

“所以他们怎么能成为病人的依靠呢？

“我这样说可能有点强人所难，不过您看上去就不是那种见到怪事就溜之大吉的模样，您看上去就靠得住。

“实际上我对病人说了您的事，她一听到您是东京来的客人马上就兴奋得要跳起来。请您大发慈悲帮帮她，这是我们的愿望。实在难以启齿，还请您陪她睡上一晚，这样就能了却她的心愿，求您啦。

“并且如果您能帮我们看清那情形，那该有多么难得！”

女子恳切的、连珠炮般的话语句句在理，所谓真诚形于颜色，所以连小宫山也不由得不信——他曾断定此类怪异事端不会立即找到他周遭的百由旬内。

“那怎么说都不是件寻常事，我并非修行武士，没有降妖除魔的本领。不过幸而我不是胆小鬼，唯此尚可一用。当然可以！既然你们希望，我就帮忙看护一晚。总之就算听了刚才那话，让我睡在病人身边我也觉得似乎没有什么好惧怕。”

一来小宫山觉得那是朋友情人，二来也觉得她病得可怜，加之血气方刚的好奇心也来助阵，遂爽快地应承下来。

“不过大姐，要分开的吧？”

“什么？”

“能有什么？床笫之仪啊。”

“呵呵，您问于雪好了。”

“好啰唆，那算了吧。”

“这样的话，请便。”

“好吧好吧。礼尚往来，大姐你再不说出你的名字可就……”

“小女子名叫柏屋。”说完女子匆匆退下。

接下来就是于雪、良助、枕边私语这些骇人的事了。

七

"这可真是的，少爷。"

换作柏屋金藏搓着手走了进来。他比方才打招呼时显得熟络，亲昵地说道："我们招待不周，怠慢了。"

"多谢费心。刚才一直在听人讲女侍的病情，你莫不是也很担心吧？"

"哎哟，关于那事，刚又给您出了这么个岂有此理的难题，您又这么痛快地应承下来，实在抱歉得很。其实本该由我向您张口，可是您觉得碍于店家面子勉为其难地应承下来的话，那就太不好意思了，所以我特意让女侍来说，您也好推辞。可您竟这么不见外地答应了，我反倒觉得失敬了。

"我们已经赶紧告知了她本人，好让她体会一下久违的惊喜。全仰仗您了。不管怎样，我们平素也算尽心了，我们尽力照顾她，早已不把她当做外人。所以每晚她被魇住时，虽指望不上我们，我们也不能安心入睡啊。”

他边说边看着微微颔首的小宫山的脸，搔着光秃秃的脑袋。

“生了这么个脑袋真是岂有此理。别说什么鬼怪传言了，就连个说梦话的病也治不了，实在荒谬至极，难以给我脸上添彩。我生就胆小如鼠，就连天窗‘啪嗒’响一下或扫把倒了都会吓一大跳。

“并且，哎哟，哪怕秋风四起、温泉冷清，您听听，这些荒唐的家伙，年轻人里还混杂着老头老太，您猜怎样？温泉旅馆的三卫门[①]将百万遍念佛带到了这温泉疗养地。您瞧着吧，隔壁马上就要开始了。可恶吧？这时节，哪怕每晚海豚都在五智鸣叫也不至于发出那么死气沉沉的声音。

“在被邪祟附体的病人面前见到这百万遍念佛的情形，唉，我简直要哭了。哈哈哈，较之于哭，这事更让我觉得可笑。总之，给您添麻烦了。”

“哪里话，较之我这里的麻烦，还是女侍的情形更让您棘手吧？如此蒙您照顾也算机缘巧合，所以大家不必客气为好。”

两个人面对面聊着的时候，可能是叫喜代、美津的两个人兴冲冲地将寝具搬了过来，与小宫山的并排放下，铺好铺盖。许是在客人面前分外留心，作为铺盖之物，那被褥也过于讲究了。褥子叠起的一头上放着一个枕头，可能是病人头发时常凌乱的缘故，枕头上面沾着污痕，不像被褥那么洁净。许是心理作用，小宫山总觉得那看上去像是泪痕。

---

① 此处指人名。

美津、喜代在枕头边弯了弯腰，将枕头抚得笔挺，起身向小宫山打了个招呼退出门外。

这时，一身睡衣打扮的于雪来了，她将纤纤素手搭在先前那女子肩上，半扶病体，下面穿着单和服，上面罩一件缎子衣领的条纹罩衣——那衣服沾着白粉，看上去冷冰冰的。她束着宽幅腰带，头发用发梳盘起。头发即便不加打理也看不真切，想必发梳上饱含着那女子为见客人而精心梳妆时的柔情吧。她大约二十岁的年纪，皮肤白皙晶莹，高鼻梁。虽然消瘦，下颌却丰满圆润。看上去弱不禁风，那风情万种的样子宛如葛藤叶子恼人地纠结缠绕。

八

本以为无非染病而已，可是看到于雪那出人意料的模样，小宫山顿时心生凄楚，和店主面面相觑。

服侍的女子故意显出高兴的神情。

“来吧，小姐。”

硬拉着她的手将她搀扶进来。于雪在那情形之下显得有些难为情，脸上飞起红晕，如不胜寒霜的秋叶般楚楚动人。她在被子旁边坐下。

“于雪，高兴吧？”店主兴高采烈，满脸堆笑，“快向人家道谢。”

她轻启双唇，还别说，那凄美的声音莫说一流演员，就连女寅[①]都会为之烦恼。要是春叶君[②]的话就方便多了，他可

① 歌舞伎演员市川门之助，又称市川女寅，1862—1914。

② 柳川春叶（1877—1918），日本小说家、剧作家，与作者同为尾崎红叶门下弟子。

以将世袭领地的好处洋洋洒洒地分别写上五六页。凭我天生愚钝，恐怕丝毫不能描绘出那万种风情。

这一点请您见谅，不，还得请您凑合着听下去。于雪羞赧且柔媚地双手伏地。

“十分感谢，请……”

她只是央告似的说了这么一句。

店主倒还罢了，女侍的热情、于雪的风韵，这林林总总的事情使得小宫山心潮澎湃，不禁有些悲从中来，然而他只是不动声色地点了点头。

“喂，于雪，这样已经够折腾的了。行礼也好，寒暄也好，就此打住吧。不必多虑，赶紧躺下吧。着凉可就糟了，连我尚且觉得冷飕飕的，病人可就更禁不住。少爷您也请安歇。走吧，阿铁。”

他慌里慌张地说，实际上多少有点落荒而逃的架势。这胆小鬼，光是听到病人名字就一副噤若寒蝉的模样。

阿铁（这也并非什么非得告知名字不可的事情）以袖遮面，正在抚慰病人。

“好了好了，赶紧进去吧。虽不是同床共枕，但那什么，新婚当夜也该女方先睡下的。好了，你别多虑，他不也一样是东京人吗？听他讲讲那从后山就能望到的、被吵得沸反盈天的日本桥什么的，好好打起精神吧。他们都是喝自来水的，连气质都和你那位差不离呢。对吧，少爷？”

“或许吧。”

小宫山只应了一句。金藏毫无睡意，大概随着时间推移，他又在对那百万遍念佛之事耿耿于怀了。阿铁精神百倍地打发羞答答的于雪乖乖躺下，拍拍袖子、整整衣襟，说道："请吧，您。"

在人前移枕睡下，小宫山也觉得于心难安，有些难为情。

"哎呀，你们呢？"

"那样的话，我们就告退了。又不是翻过伊贺来的客人，我觉得用不着裤子脏了也穿着睡，对吧，于雪？"

"掌柜的，别开玩笑了，太失礼了。客人您多包涵。"

他俩告辞之后走出了上房。店主晃荡着两头系带的烟袋荷包，低着光脑袋一门心思跨过门槛往走廊里去，没承想和来人撞了个正着，传来一阵吵嚷。

"好痛！"他一副疼痛难当的模样。

看样子有人刚才一直在门外窥望，被哪个女侍身影惊动。外面笑闹吵嚷成乱糟糟一团，阿铁拉上拉门。身后那十张榻榻米大小的房间寂然无声，两束灯光朦朦胧胧地照在二人身上，照在壁龛中的插花和神农画像上。

九

小宫山无所事事，很快躺下并将被子拉至肩膀处。再看于雪，她娇小玲珑地伏卧着，活像棉花包裹着的女偶人。她本就腼腆，不会主动张口攀谈。小宫山因为要照看她一晚，所以就权当自己是医生地开了口。

“大姐，想必有点落寞吧，我感觉得出。”

“是啊。”

“你到底是种什么感受？常言说得好，无论什么样的噩梦天亮也会烟消云散。你把心事对人聊聊就会豁然开朗，这可是强过一切的疗养。”

他恳切地抚慰着她。精诚所至，于雪将枕头移了移，转向小宫山，叹了口气。

“您是东京来的客人吧？”

“嗯，江户儿。”

“唉，光是听到这一点我就仿佛遇到家乡人，真觉得亲切呢。”

“你青睐东京？这可太难得了。这一带的人里面青睐东京的可不多。可有什么缘故？”

小宫山即便不问也晓得其中缘由，不过出于想让她和盘托出心中所想，姑且对她加以安慰的考虑罢了。

“听说东京相当大，我一个旅馆里的人在这边不可能了解许多。不过在您那里，我有一位名叫筱田的知心好友。”

原来如此……小宫山心中暗想。

“这也不是什么说得清楚原委的事。我心里始终放不下他，就因为这，我时常哭哭笑笑，焦躁难安得连自己都不能理解。那大概就是我这病的原因了。

“我不分昼夜地做梦，恍恍惚惚。虽然服了药，可我觉得就算康复也没什么劲，所以身体日渐衰弱，日复一日，连起身都变得吃力。也并非哪里疼痛，只是一味躺着。”

“嗬，自豪吧，你这是相思病。”小宫山当场不好这样说，只是毕恭毕敬地听着他人的爱情故事。当然他感觉上还是在听人诉说病情，就连于雪也把他当做医生而无所顾忌。

“那事就发生在我长期卧床的日子里，那大约是十天之前。我睁着毫无睡意的眼睛凝视着那面墙，墙上就像描画上的一样出现了一位神的身影，影影绰绰、个头高得吓人。我以为是梦，定睛看时，她竟悄无声息地穿墙而入，站到了我的枕边。她长脸、面色严厉，是个可怖的中年妇人。您不知道，她的衣服、面庞、手脚，都像笼罩在闪电中一般，看上去苍白而清晰。”

“太奇怪了。”

“按照常理，那时会发出‘呀’的惊叫声，可不知怎么回事，我竟没有觉得害怕，就这样。”

她在枕头上翻身向上，水灵灵的眼睛定定地凝视上方。小宫山不禁悚然。

“那神，奇怪吧？她竟然知道我的名字，她说‘于雪啊，你看上去太可怜了。我来给你治病，跟我一起走吧。’她就那样站着拉起我的手。不知不觉间我的身体穿过墙壁来到了户外，朝着似曾相识的后山方向，踏着冷冰冰的草地，光着脚大步流星地走了过去。”

十

“我曾经去那里挖过山药，或许我不知道，不过应该没有那样一处房子。那里有处破房子，也影影绰绰，看上去风一吹就会消失的样子，那大概是处房舍吧。神将我带了进去，进去后您以为会怎样？土屋里面有个台子，上面铺着粗草席子，那些东西全都被煤烟熏得发黑。土屋里像是发了霉，潮湿渗水，角落里点着一盏和神同样苍白的灯，灯光闪闪烁烁。

“‘怎么样？你认识这里的东西吗？’神指着放在草席上的东西让我看。我战战兢兢地看去，却是些颜色令人不快的乱七八糟的杂物。

“‘这是给人施磔刑用的绳索。’她拿在手里让我看。我又厌恶又恐惧，早已抖成一团。那神猛然抓起钉子，说：‘这根钉子是子时两点参拜时钉在猿丸杉上面的，估计诅咒已经锈在了里面，你看仔细。这个呢，是工匠在造房子时不小心钉进壁虎体内的，此外还有遇难船只上的旧钉。这里面的是从女人头上拔掉的头发，你还得看看蜥蜴的尾巴，还在活蹦乱跳。’她把这些东西推到我面前时，我已经说不出话了。

“‘于雪，我要用这些东西来做什么，你一定知道吧？’我怎么会知道？

“‘嗯，知道的。你不可能不知道，对吧？’她责备似的说。我说会怎样呢？我什么都不知道。由于极度恐惧，我的声音小得连自己都听不见。

“‘怎么可能不知道？这个，于雪，要用在你的身体上，我要用这个来给你治病。’她神情严峻地瞪着我说。我的舌头早已僵住了。神从容不迫地装扮一番，念诵着咒语一样的话，将钉子、绳索之类一样一样地朝我扔过来！

“我吓了一跳，不知何故，手脚都动弹不得，我就那样直愣愣地立在那里。

“然后，神又从搁板上拿出一个红色瓶子，打开后又开始念咒语，有黑烟从里面腾起，烟袅袅扩散到土屋角落。再看时，里面清晰现出一女子趴在那，她的头发杂草一般乱蓬蓬的，眼睛流血，鼻子尖耸，形销骨立。

“‘于雪，这是个因嫉妒发狂而死的怨魂。我把它唤到这里不为别的，就想用它来将你唤醒。’说着，神突然挽起衣袖，将手伸向那怨魂胸部，哧地插了过去，那里张开一个口子，她的拳头伸了进去！”

她讲述着，声音里饱含着力量，而身体则越发虚弱。几番长叹后，于雪的脸变得苍白。小宫山忘我地半枕着枕头。

“就那样，她将一根雪白的肋骨‘嘎巴’一声折断，取了出来。

“‘如何？你死于嫉妒时的痛苦也就是这个滋味吧？’神对那怨魂说道。啊呀，那怨魂，您不知道，咬紧牙关，只是‘嗯嗯’应了两声，频频点头呢。

“‘很好’，神说道，那怨魂又像刚才那样化成一股烟雾，慢慢进入瓶子里。然后就开始了。”

于雪浑身颤抖，看样子一时半会儿不能开口了。

十一

那会儿据于雪所说，在那所孤零零的破房子里有一怪妇人将因那种事嫉妒而死的怨魂的胸口扒开，取出肋骨拿在手里，然后对着前面说到的那些钉子、绳索之类东西念咒语，不容分说地抽打一动不动、病弱不堪的于雪的手臂、胸、肩膀、后背。

“喂，如何？对那男人死心了吗？只要你断了那念头，你的病就会好。如何？喂，你宁愿这样也不肯听话吗？这药不好使吗？”

听说她这样责备于雪。痛到忍无可忍时，于雪就奄奄一息地道歉说：“对不起，我死心了。”妇人说：“那样的话，我就送你回去。”结果于雪就又回到原来的卧房了。到了第二天夜里又和头天夜里一样，那妇人又来将她带去那所孤零零的房子。钉子啦，绳索啦，拔掉的头发啦，蜥蜴尾巴啦，肋骨啦，故技重施，将她打得痛彻骨髓。

“你说的都是些敷衍塞责的话，一点都看不出死心的样子。喂，死心吧！快明明白白地说‘我死心了’！连这样的药还不管用吗？”妇人说道。

不用说，于雪受不住，说了“一定死心”。

然后将她送回。

她说，第二天夜里、再一天夜里，夜夜准时无误地，那个如铜锈铸出来一般面色苍青的妇人都会到来，将她带到那所孤零零的房子，说她光嘴上说说实际上却藕断丝连，是个混账东西，是个打扮得花枝招展却游手好闲的魔鬼，最后怒火中烧地狠狠抽打她。

于雪看上去光是讲述就不堪忍受。

“您说我为什么就放不下呢？被折磨狠了，我也确实说要死心了的，可是第二天夜里她对我说同样的话折磨我时，就连我自己也发觉果然如她所说，我无法真正死心。

“为什么我就放不下那件事情呢？也许那就是所谓缘分吧。无论我如何重新考虑，无论是责备自己还是劝解自己，我都无法解脱，大概不久我就会被呵责而死了。”

她面庞瘦削，手脚纤细，气息慵倦，在小宫山看来，简直就像秋蝶即将消失在阳光里一般。

“我丝毫不觉得死令人憎恶，只是每天都在担心夜里又会有那些让人痛苦不堪的悲惨遭遇。您想必也看得出来。

“我当真觉得如果能忘掉将来，好歹安稳睡上一夜，就算死也没有什么好遗憾的了。可我连那都不能随心所欲，着实令人懊恼。想如今您就这样守候在我身边，我心里的惊悸也已经完全平息，没有比这更让人高兴的了。哎，想必您也该困了，该厌烦了吧？而我承蒙您那样说就忘乎所以了，实在抱歉得很。”

她的心里积压了多少不为人道的烦恼啊！她索性一吐为快地将事情的来龙去脉原原本本地讲了出来。

刚才一直默默倾听、唯有点头附和的小宫山不知何故，浑身充满了力量，宛如要手刃猛虎一般干劲十足，他精神百倍地用力掀起被子一端，“腾”地坐起身，神勇无比地微微一笑：“荒谬透顶！大姐，没事的！”

十二

“全都是因为发烧，是发烧呀。大姐你也晓得，发烧就会见到五花八门的事情。什么瘟疫神啦，天花神啦，不是常说的吗？那些不过是病人因发烧神思恍惚所见而已。

“我有一个熟悉的朋友讲了一段明治维新前后发生的故事。下古附近一位大名的内宅里有一个做舞女的侍女，有天夜里她从主人处退下回到房间时已经夜深人静，比平素要晚一些，于是她匆匆换下工作时的衣服舒展身体。这是女人们的嗜好，大姐你们也这样做的吧？”

“是的。”

“据说她换上的是条纹绉绸长衬衫，里面穿的是紫色绉绸睡衣，穿好后系上外出时系的红梅腰带，单膝跪在被子上，将散下的短发盘起，用白纸拭去敷脸的白粉。估计当时纸碰到唇上会沾到星星点点的口红。侍女抻平褶皱，看着沾满白粉的纸。我猜想她梳着高岛田式发髻，上面插着银制平簪，簪子是助高屋[1]的，上面印着泽村纳升[2]的花纹，这个是那侍女顶顶喜爱的饰物。她拔下簪子看了一眼，妩媚地一笑，将方才那张沾上口红的白纸团成一团，然后重新戴上簪子。

“好了，先将这些收进书库不提。她做好睡前准备，将方形罩灯里的烛火移到烛台上，手持烛台站起身，脚上‘咔嗒咔嗒’地趿拉着系着绢带的多层草屐。她是个讲究的女子，衬在里面的长衫时隐时现。

“她这是要沿着长廊去厕所。因为雷打不动地系着那条夸张的腰带，所以厕所也要大而宽敞，说是得有两张榻榻米席子大小的地方才行。她刚要进去，突然觉得里面好像有人——尽管既没有说话声也没听见有人唱歌。她不由得停下来，可是等了很久也不见有人出来，定了定神仔细一想，什么呀，里面好像压根儿什么都没有！

“大姐你觉得奇怪吧？是不是心里有点儿七上八下了？然后侍女将烛台放下，‘啪嗒’一声拉开门，可不得了了！可别吓着你，都是因为病。

“她拉开门，只见里面有个污秽不堪的老太婆脸朝下趴在那里。那老太婆抬起那张简直无法形容的面孔，死死地盯住她看。那一头头发也极不寻常，看上去就像银针、像扎芒草那样束成一把，毛糙地倒立着。那侍女之后就……

① 助高屋是日本江户时代的歌舞伎演员助高屋高助，1747—1819，堂号纪伊国屋。

② 日本歌舞伎演员，同属纪伊国屋。

“哎呀，内宅里掀起轩然大波。因为是可怕的高烧，据说她本人也担心传染别人不好，就退回父母家里。连医生都撒手不管了，可不日她竟然不治自愈了。

“苏醒之后，那姑娘说了，既然想活下来就要想办法治病，于是她决定每天参拜过去所信仰的汤岛天神。第一天，她爬上神社前的陡坡，在厕所里见到的那老太婆等在半中腰，想要揪住她阻止她，所以她只好悄然打道回府。

“第二天再去，那老太婆依然等在那里。她去了回，回了去，整整花掉二十天时间。第二十一天早晨，只要能如愿以偿地抓住神社的鳄嘴铃，命就可以保住。如果再被那老太婆阻拦爬不上陡坡，到头来可就没救了。唉，可恶啊！就算在半中腰被邪祟折磨死也决不能放弃参拜！姑娘咬紧牙关，将和服下面的带子重新束紧，脱下竹皮屐，大踏步爬了起来。

“挡在那里的老太婆用可怖的表情死死地盯住爬上来的姑娘，颤颤悠悠地抓住她，用冰冷的手扼住她的咽喉。哎呀！说来，她的手脚已经不中用了，用书上的话说，已经危在旦夕了。”

十三

“从上面的牌坊里走出一人，看到这一幕，他毫不犹豫地走了过来。那男子身着带有三个家徽的黑色绉绸和服大褂，系着仙台平和服裙，披着双重带家徽的黑色羽毛外套，头戴宗十郎[①]头巾，腰挎镶金镂银的长短配套武士刀，足蹬竹皮屐，脚穿白色短布袜，面庞白净，英俊潇洒。那是个年轻武士，长短配套武士刀在太阳下闪着寒光，气派得不得了。他从石阶上面径直走了过来。‘冒昧了，婆婆，实在太不体面了。’说完就揪住那瘟神的后颈，稀里哗啦地将她倒拎着扔下山坡。够痛快的吧？侍女那个感激劲儿就甭提了，念神诵佛地双手合十伏在地上跪谢那武士，转眼就神志清醒过来。

“之后烧就退了，就像剥开了一层湿纸，完全好了。病的种类形形色色，很容易碰上那样的事情。

① 歌舞伎演员泽村宗十郎，堂号纪伊国屋。

“你被女人呵责的那事和刚才的故事一样，都是精神原因所致。你努力打起精神尝试一下，没事儿的。那东西再来把你带走那样的事情肯定就不会再出现了。我绝对不是耍文人派头，你之前讲的事情脉络清晰，我绝不认为那是一派胡言或荒诞不稽。行吧，大姐？怎样，明白了吗？”

小宫山又是安慰又是讲解，如此一来，那故事讲得有声有色。打的这个比方看来她也已经领会了。

“您说得很是。”

她虽然只是说了这一句，但身心似乎俱已平静下来。

“当然，没错儿。没事儿的。压根儿就没那种悬心事，你只消稍加振作精神，那类邪异之物也就随诸流水，流入西海了。”

“是，多谢您了。可能是蒙您照顾，心里踏实了的缘故，我多少有点倦意了。”

她不好启齿似的说道。

“快请快请，睡吧、睡吧。说到底最要紧的还是歇气养神啊，今晚上有我陪着，大可放心了。”

“好的。”

说完，于雪深深地点了点头，在枕头上轻轻地把脸转过去朝向对面，默默无语了片刻，又悄然重新转向小宫山这边。

“哎，朝着墙那边，还是觉得会从那里穿墙出来，怕得很。请允许我朝向您这一边。”

“嗯，没问题。”

“虽说如此……”

“怎么了？”

“嗯，难为情呢。”

她睡眼蒙眬地合上眼睛，小鸟依人地寻求庇护一般侧着脸庞，仿佛要将脸埋进小宫山的胸膛。她就那样在隔开的床铺上，低垂卷着发梳的头，将被子一直拉到嘴上面，很快就酣然入睡。

当时的情景多么令人欣喜——直到今天，小宫山还念念不忘。而小宫山，不必说，因为睡不着就长时间地打量着于雪的模样。子夜刚过，山中的温泉旅馆中一片沉寂，阒无声息。远处传来汤女一边哗啦哗啦冲洗浴室一边唱歌的声音。

这附近的艺伎中甚至有人光靠这汤女歌叫座的。用清冷的调子慵懒寂寥、拖音拉嗓地唱着，听着听着就仿佛被灌了催眠剂。

莲香清水拾手帕，此亦小川温泉流。[①]

更兼有水滴不知滴落在山岩上还是滴落在浴池中，或是水汽凝结滴下，和汤女的歌声交相呼应，滴答滴答地余音缭绕。

① 此为汤女歌歌词。

十四

哎呀，怎么回事？是前面提到的百万遍念佛开始了吗？在座的诸位中有身份的女士和都市人不会记得，“三太哟，迷了路的三太哟”——敲着铜鼓，在山脚下来回游荡的声音啦，百万遍的念佛啦，这些都不是什么令人愉悦的声音。

“南无阿弥陀佛……南无阿弥陀佛……南无阿弥陀佛……”

店主听了想必要从头到脚蒙上被子了吧？小宫山心中暗暗发笑。山中凉爽的空气侵肌入骨，他有了便意。

好容易舒舒服服地躺下却要再爬起来也太可怜了，就权当勇士被马的嘶鸣声惊醒吧。他蹑手蹑脚地从被中爬出来去小解，以免惊醒美人。往返都平安无事。走廊的一头，与小宫山相向的角落里有三根柱子，上面全都挂着火光微弱的小灯，灯的间隙有个怪异的黑影遮住视线忽闪忽闪地挡在那里。那东西在离天花板一尺左右的下方时隐时现地飞着。小宫山吃了一惊，连房间的拉门都忘了打开。嗯，如果是鬼火的话颜色就太黑了，他刚一思忖，那飞行物居然扇动着翅膀“啪嗒”停在了小宫山房间的拉门上，仿佛在说：“瞧你这人，难道不知道我大驾光临了吗？”仔细再看那“鬼火”，生着翅膀，长着耳朵。分明认得出来，那是老鹰大小的一只大蝙蝠。

那家伙扇动着翅膀，飞来飞去来回扑打着隔扇，许是心理作用，随着它的飞动，屋里的灯光也忽明忽暗。

说来，随笔中常常讲到在飞州、信州靠山的乡下，有借宿的旅人一夜之内无疾而终，方言中称为飞缘魔，是种类似蝙蝠、长着尖喙的怪物，它身着长和服衬衫，束着整幅腰带，在旅人看来是一妖冶女子。它钻入熟睡人的怀里，张开嘴从上往下遮住口鼻，吸取他睡梦中的呼吸将他杀死。不至于吧？是那东西？总之是不妙！可不能让那种东西进到房间里！小宫山一边想着一边从一角打开五寸至一尺的空隙闪身进去，旋即转身“砰”地关上门，顶住门缝儿，叉开双脚用力站住。他用力顶了一会儿，看看情形，再也没有声音了。他吁了口气，觉得总算没事了，就悄悄走向床铺，孰料那蝙蝠竟飘飘悠悠在房间里飞动！

我的天！他目瞪口呆。那蝙蝠从他眼前贴着他的鼻尖横扫而过，呼啦啦蹭了一下又向对面飞去。

仿佛冷冰冰的部位被何方猫儿蹭了一下，小宫山当时大概就是那种感觉。

倒是没有打喷嚏，他只是极其不爽地呆呆立在那里。蝙蝠掉转翅膀，简直要震动被子一般低低地斜绕着毫不知情、睡得正酣的于雪，一圈、一圈、一圈地飞了三圈，每次绕回来时都会轻轻发出“呜呜”的低鸣。刹那间，就像倒伏在地上的女郎花被风无情吹乱一样，于雪飘飘忽忽地坐了起来。不消说，小宫山失魂落魄地向后跌坐在地上。

蝙蝠掉转方向，从里侧拉窗的缝隙中翩然而去，于雪随即紧随其后。

出得蚊帐来，尚有幛子遮，夏日之月[①]——于雪的身体倏然变细，从那并没有打开窗套的、只有风儿吹得进来的缝隙中穿过，如同隐入倒映在水中的柳树树荫中一般刹那间消失在外面。不消说，她是被蝙蝠牵引而去。

---

① 俳句，松尾芭蕉的弟子内藤丈草所作。

十五

小宫山咬牙切齿：我虽未随身携带将大叶栎砍断削成八角、再镶上十六圈铁环的棒子，身无彦四郎定宗[①]之宝刀，不似那三池传太光世[②]般手执武士短刀，但我堂堂男儿，又兼身为江户儿，岂能任由妖魔将受人之托的女子带走！他立即起身追赶，可惜没有神通，自然要拉开拉窗，打开窗套，身穿睡衣、赤着双脚，从后檐廊奔向院子里。

外面月光皎洁，浑如白昼，甚至看得见虫儿往来穿梭，茂密的草儿随风齐刷刷歪向一边。在白珍珠般滚落的露珠中，一径离去的于雪背影望上去渐行渐小。

小宫山如蝙蝠般张开双臂，一副誓不罢休的势头。

“喂！喂！于雪！于雪！于雪！”

---

① 日本战国时代的武将，以骁勇善战著称。

② 又称三池典太光世，平安时代末期的著名制刀工匠，传说能人刀合一，降魔除怪。

他放声大喊。这可玩笑不得，他不由得一边喃喃自语一边踩着带露的草儿，拨开芒草、撩开黄背茅草，飞毛腿一般追赶着。他的身影出没在草中，活像在月夜里舞蹈的兔子。

“于雪！喂！于雪！”

距离渐渐缩短，声音似乎也传到了。于雪突然止步四顾，双手合十，大概是在说“救救我！”那令人悲悯、楚楚可怜的模样简直无法形容。小宫山跑近的时间里，于雪就像被操纵木偶的绳索缚住了一般，左摇右晃，柔弱的身体被推来搡去，她仿佛挣扎了一会儿，然而她突然又开始奔跑，眼见着就到了跟前，可是她又消失得无影无踪。

这时，活像鱼津海上的名景——海市蜃楼中的小屋一样的一座小房子影影绰绰出现在前方，月夜中看不见有灯光。

小宫山如同被掠走了三藏法师的悟空一般仓皇四顾，山顶离得尚远，四周山野茫茫，就算有蝙蝠翅膀怕也没有本事腾空高飞。一眨眼的工夫，于雪的身影就消失了，定是进到了那屋内无疑。好家伙！这小川山妖孽！小宫山自右至左、自左至右，绕着这房子四周查看，却没有发现什么要隘。什么破蜗牛房子，闯错了，就算背着这壳也可逃出。他信心百倍地打定主意，气势汹汹地闯入，凛然大声说道：“打扰了！打扰了！打扰了！！”

他连喊几声，里面却鸦雀无声，没有反应。侧耳细听，也没有动静。反倒是远处传来如青蛙怪那硬邦邦的叫声一般的“南无阿弥陀佛南无阿弥陀佛、南无阿弥陀佛南无阿弥陀佛”的百万遍念佛声。眉头紧锁的小宫山被激怒了，他不耐烦地喊道：“打扰了！”

于是，你猜怎的？眼前的木门突然无声无息地打开了。

“不嫌吵吗？”

出现了一个人——尖鼻子、目光锐利、个头高得吓人、身着青衣——一个可怕的中年妇人。只消一眼就确信无疑，她就是于雪说的那个人。

小宫山不由得往后退了几步，妇人紧盯着失魂落魄的小宫山从头到脚打量了一番，皮笑肉不笑的，十分可怕。

“呀！请进，是柏屋的客人吧？”

被人先下手为强的小宫山哑口无言，茫然不知所措。

“喂，辛苦你了。本以为你会早些到来，你不知道我等你等了多么久！来吧，请进。有点事劳驾。”

这话说得很不入耳，有事劳驾什么的看上去可不简单。

十六

对方是个女人，又是在这么个蜗牛大小的地方，能有何事！反正随便好了。小宫山被人抢占先机，又被吓得失魂落魄，多少有点豁出去的意思。他面无惧色地静观其变，被带到一间稍大的房间里。没点灯，却半明半暗，看得清榻榻米的张数。要问那光亮是何缘故，好像是那妇人的肌肤透过身上穿的那件靛蓝色和服照射到四周。

“有件事要托付给你，才把你带到这里来的。好容易到了这里却又要不讲情面地把你赶回去，我也觉得不近情理。待在这里别动，我要准备一下，你要是再大声喧哗，乱逞威风，闹成一团糟的话可没什么好处哟。”

她囫囵个儿地将小宫山“嗖”地吞了下去。

被吞下的小宫山在怪妇人胃中像被消化了似的蹲了下去。居然如风吹过来念佛声：南无阿弥陀佛、南无阿弥陀

佛、南无阿弥陀佛、南无阿弥陀佛，无休无止地。

可恶啊！身在旅途，就算弥次郎兵卫[①]也会败下阵来吧？简直令人忍无可忍。四下看去，这纤尘不染、一览无余的房间里有一处床铺，挂着一轴口衔药草的神农画像。小宫山觉得莫名其妙，无论如何，这并非让人安心的事。他气运丹田，等待时机。又是无休无止的念佛声。听到那声音，小宫山甚至浑身发冷，不要听！不要听！耳朵里传来女子嘤嘤的哭泣声，他一下子来了精神。又开始了！那畜生又在拿肋骨抽打了！小宫山忍无可忍地站起身，他早已变成了于雪故事中的一员。

进去救她！他迅即拉开隔扇，跃入另一间房内。那房间大小、情形和这间别无二致，也有隔扇。再拉开一看，空无一物，六张席子大小，大小、情形又是一模一样，也带有隔扇。他“咣当咣当”地拉开，依然是空无一物、毫无二致的房间。

大得吓人——比阿房宫还大！小宫山六神无主，依次打开手边隔扇。无论拉开多少次，都与剥竹笋无异。吃惊之余，他一屁股坐在地上。茫然四顾，又到了一间挂着神农画像，与刚才那妇人带他进去一模一样的房间。哎呀呀！耳边又传来“南无阿弥陀佛、南无阿弥陀佛”，这回小宫山也为其吸引，不由得念起了“南无阿弥陀佛、南无阿弥陀佛”。

就在这时，隔扇突然打开。

---

① 滑稽小说《东海道中膝栗毛》中的人物，战败后去东海道、大阪等地旅行。

“刚才是谁在这里闹腾？”

“啊”，看来今后也将念佛的小宫山战战兢兢地看着妇人笑微微的脸，觉得看样子小命总算保住了。

“你因为好奇闯入这里，还是想看点吓人的东西吧？”

“不、不是！”他嗫嚅道。

“好吧，来吧。”

她仿佛宣旨道：“随我来！”派头十足地说完，肃然起身在前带路，小宫山无奈地跟随她走去。

脚后跟接触到冰冷冷的土屋时，小宫山大惊失色！

就是他听到的景象：那苍白的灯光、那台子、那粗草席子、那四周之物的情形。

于雪衣衫不整地瘫倒在台子对面，妇人将这颜面扫地的江户儿丢弃在台子一侧，猛然站到另一侧的正中，也就是将于雪推倒在地的一侧，惨白的手臂从短袖和服中长长地伸向草席，猛地抓起一把钉子。

“怎么样，客人？”

“不敢当。”

小宫山毕恭毕敬地谢绝。

十七

“认识这个吗？”

她弯曲双臂，将钉子捧到胸前，摊开手掌放在手上。

“不敢当。”

“不认识？”

“不，不认识。”

“那么这个呢？”

“嗯？”

“女人的脱发。”

小宫山慌忙说道：“不敢当。”

“那么，请看。”

她捏住头发倒垂着提起来，乱蓬蓬的黑发散了开来。

“不，我什么都不认得。”

“这个呢？”

“不认得。”

“还有这个？”

“不认得。”

“那么，你可晓得它们有何用处？可晓得它们的使用方法？”

如果再说不晓得，她再说我使给你看，显摆这可怕的魔法道具的话可就糟了，于是小宫山连忙说道：“嗯，我当然已经晓得了。”

他分外小心翼翼地回答。话音未落，绳索和钉子已经纷纷落下，小宫山唯有瞠目结舌。

和诸位打个招呼，这里请诸位想象一下您瞠目结舌时的手势、脸色以及身体状态。小宫山瞠目结舌，手、脚、脸都僵住了，就连指头都一动没动。

“您相当清楚啊。”

她嘲弄一般故意一边恭敬地说一边轻蔑地狞笑着转向对面，将惨白的手搭在于雪肩上。

畜生！想跳过去救她，可他压根儿动弹不得。人在这样走投无路的时候自然就会懂得荒诞幽默的意趣。小宫山为这荒唐至极的事笑了起来，自我解嘲般地暗暗思忖：小宫山你这副狼狈相，就当交钱看戏吧，好戏开始了！

妇人摇晃着于雪的肩膀，用令人不可思议的可怕的声音说道：“于雪，痛苦吗？”

于雪将低垂的头垂得更低。

“嗯，好了，今晚不会再让你受折磨了，不必担心。迄今为止，我变着法子、换着花样作了多种尝试，你却怎么都不死心。你怎么能不死心呢？既然如此，就随你去吧。”

她转向小宫山。

“客人你品行不好啊，这孩子为此受如此苦楚。你不是和那个叫筱田的人交好吗？而你怎么却害怕路上行李沉重对托付不闻不问，摆出一副不明就里的样子呢？”

被她锐利的目光死死盯住，小宫山打了个寒战，活像安本龟八[①]制作的小宫山偶人被劈头用冰浇住。

“作为补偿，我要让你背上一件多少有点分量的行李，请你将它小心翼翼地带到东京。所谓托付，就是这个。于雪已经无药可救，我将这姑娘的魂魄给你背上，你就会神不知鬼不觉地把她带到筱田那里。想必给你添麻烦了。”

---

① 安本龟八（1825—1900），江户时代末期、明治初期著名偶人师。

十八

小宫山就那样呆然伫立，不得开口。妇人任意挥洒。

接着，妇人将身上所穿单和服脱下来扔掉，一丝不挂。小宫山不服气地想：这家伙无非因为是温泉的妖怪才会赤裸的吧。妇人又取出一个蓝色瓶子。本来担心会出现那个怨魂，结果这次却和听到的情形不同，她往手掌上倒了大约三滴仙女香，用两手“嚓嚓”地搓了搓，从肩膀涂到手腕，沿着胸向下涂到腹部，耳后，旋即大腿、小腿肚子、再到脚尖，一无遗漏地涂遍，然后站直。

小宫山默想：好戏开始了。

妇人这样做完后，煞有介事地对着台子念诵着什么“智仁勇武御世之珍宝”之类，莫名其妙。她口念怪异咒语，上下扇动着笔直张开的手臂，身体“咔咔”颤抖。转瞬间那裸体妇人就销声匿迹般不见踪影，化为一只硕大蝙蝠。

与那传言一样，它飘飘忽忽地飞过土屋的角落两三次，紧接着飞向俯卧着的于雪，遮挡住她的面庞，用翅膀将那纤纤玉颈抱起，翻转过来，将喙压住于雪的嘴，“嗞嗞”地吸取她的呼吸。

看到这一幕的小宫山大吃一惊，倒吸一口凉气。他无计可施，依然是那副目瞪口呆的模样。

两次三次、五次六次，眼见着吸气有了一阵子，于雪的身体死了一般横着倒下。

让人大惊失色的还不止于此，蝙蝠“嗖”地飞来，轻飘飘地飞入小宫山的怀中，当他再度惊叫着跳起来时，却发现已然躺在原先柏屋的房间里面。

他长吁一口气，起身坐到被子上。小宫山闹不清楚这身体是自己的还是别人的。不知何故，他总想往后看，于是转身看去。一扇窗户与一扇窗套都四敞大开，露珠、草儿、山，渺渺茫茫、鸡犬不闻。最担心的还是于雪，他刚念及于此，就看见她的姿势与刚才被吸取气息倒下时一模一样，生死未卜、徒具其形。

小宫山只剩下出冷汗的份儿了。南无阿弥陀佛南无阿弥陀佛、南无阿弥陀佛南无阿弥陀佛，隔壁无休无止的念佛声无休无止。

“大姐！大姐！”

小声呼唤之下，于雪全无反应。难道是？他再也按捺不住，从床上摇晃着她，

“于雪！”

喊了大约三声，她微微睁开眼。一看见小宫山的脸，她立即现出极度恐惧的神情，扑过来贴紧小宫山的腰带，蜷缩着身体扑倒在他的膝盖上。小宫山紧紧抱住她颤抖的后背，她的模样清晰可见，那楚楚可怜的样子比先前又胜百倍。

论害怕，小宫山也是一样。他将额头抵住于雪的后背，怀着一刻三秋的心情等候着拂晓。那时间里，许是因为疲惫，他竟然不知不觉地睡去。睁开眼睛时，月夜不复，山顶旭日朗朗，给草木上的露珠镀上金色。

将于雪从膝上轻轻放下，她依然睡得那般香甜。

“早啊！”

店主最先过来打招呼，他的声音听起来喜气洋洋。只要念佛声停止下来，这老爷子就精神百倍。很快阿铁也赶了过来：“客人早上好！”

十九

小宫山当即洗漱完毕，神清气爽了许多。店主和女侍们围在旁边询问于雪昨夜的情形，他只说没事，说于雪只是有点被魇住了，并不道明原委。他这也是虑及后事，想让大家不再害怕，便于看护于雪。

他晓得为于雪治病也好，降妖除怪也好，用不着耆婆[①]、扁鹊，用不着宫本武藏[②]、岩见重太郎[③]，仅需筱田一片心足矣。小宫山本想再留下三五日看护她，却知道此事非自己能力所及。他认为当务之急是见到筱田，于是尽管这本是一次从容的旅行，他却匆匆地起程了。

---

① 古印度著名神医。

② 日本战国末期与德川幕府前期的剑术家、兵法家，宫本武藏因与佐佐木小次郎决战而一举成名。晚年出仕于细川家。留有剑术书《兵道镜》，兵法理论著作《五轮书》、《五方之太刀道序》、《兵法三十五固条》。现代日本对他的传说颇多。

③ 传说中日本著名武将，周游列国，为父报仇，名扬天下。

离开柏屋的时候，于雪依然和昨夜一样睡在那里，他们七嘴八舌地吵嚷着说太没礼貌，要叫起于雪。他制止了他们，将早饭移到另一间屋子去吃。他恋恋不舍地再三叮嘱说“并没有什么可怕之事，还请你们多些人守在她身边看护她”。

当日，他从线鱼川乘上汽船。到达直江津那晚，小宫山住在一家叫夷屋的当地旅馆。一夜倒无别话，然而到了半夜，他突然清晰地看见于雪和他同寝。他大惊失色，却听到于雪翻身时发髻散开滑落到榻榻米上的声音。

不仅仅是和他同床共枕，结果到了越中和越后，变换了地方，她的魂魄却依然紧随不舍。他并不相信当真会有魂魄托付于他，可还是深深地倒吸一口凉气。

话说天明之后，他就乘上第一趟上行列车。穿过碓水隧道时，已经记不得是第几次了，小宫山下意识地探出头借着光打量黑漆漆的道路，列车车厢里的灯光将他的面孔映照在滴着山中清水的隧道里，与之紧挨着的还有一张女子的面孔，那千真万确就是于雪的模样。

之后列车平安无事地穿过川中岛，远远望着浅间的炊烟，车渐渐驶近武藏平原。

抵达上野时是下午九时半。京城秋风乍起，走下熊谷堤的时候倾盆大雨从天而降。因为搭不上车，小宫山像对旅行驾轻就熟一般撑开洋伞，打算就这样走回汤岛新花町的寄宿处。走过山渠时，路上并无一人，却从身后传来招呼声，“大姐，走吧，大姐”。

扭头回望却并无一人，唯有哗哗的雨声纷沓至来。听不到车轮声，却有一名车夫跟了过来。

小宫山蓦地一惊，在雨中止步不前。且慢！或许这就是受人所托吧？他毛骨悚然。无论如何，他觉得将其背到自己家中可不妙，于是掉转脚步，去了本乡元町。

这里是筱田的下榻之所。他径直奔向那走惯了的门口，可能是因为下雨，时间尚早，却已经关门闭户。与那扇熟悉的门紧挨着的是护士会，小宫山抖了抖雨滴走进去，尽头就是筱田的房间。房间里点着灯，看样子他还未睡下。他还未开口，就见二楼上有人拿着灯走了出去。拉门暗了下来，等了许久也不见返回。

许是下楼去了也未可知，那样还不如在门口喊他。小宫山又起身折回，刚刚还反锁着的寄宿处的门一推之下竟莫名其妙地打开了。

他并未思忖就打开进入，走到入门处停下来。筱田业已睡下，所以他没有贸然闯入，而是大声呼叫："筱田！筱田！"

没叫上三声，筱田便快步走了下来。

"啊，你回来了？赶紧、赶紧进来。"

说着，他快步走在前头，小宫山紧随其后走上二楼。到了房间，筱田手持油灯在门口站住，借着光往里看。

"咦？"

他慌慌张张地四下张望，一副怅然若失的样子。

小宫山径直向前，拍拍他的后背，问："怎么了？"

“你悉已知晓，所以不必加以隐瞒。实在感激不尽，你带回来的于雪已经先你一步进来，她刚才还在这里，这会儿去哪儿了？”

他郑重其事地说。

小宫山再度毛骨悚然。

“嗯，于雪是怎么个情形？”

“是这样的，我今晚秉烛读书，谁知就在刚才，不断传来一女子‘拜托了’的叫门声。我以为是谁有事找我，所以走下去开门。谁知一看之下竟是于雪！她说是和小宫山一起来的。她淋得透湿，我说有话后叙，就赶紧带她进来了。她坐的那榻榻米还是湿的吧。”

筱田心神不宁，“刷刷”地捋着榻榻米。在那情形之下，小宫山抱着胳膊思忖片刻，干脆顺水推舟地说：“筱田，说来话长，总之明天我会再来。那之前你安心等待。那我就将所托之物交给你了。”

“哎。”

“不是，那所托之物交给你了啊！”

“所托之物？是什么？”

“你刚才收到的那个。”

“什么？”筱田眼神游移不定，惊慌失措。

“好了，请说‘我收到了’。总之，请说。日后会明白的。拜托，好歹超生！”

他为了想要拿到魂魄的接收函，勉为其难地、胡乱地将这样的交涉强加于筱田。筱田虽然混混沌沌不明就里，还是说了声“那就这样吧，我收下了”。他话音刚落，小宫山就立即告辞，狂奔而出。好了，行李交付，到了东京，雨也小些了吧？他异常急切地赶回自己家里。

他找到尚未知晓最后一幕的筱田，一五一十地细说原委。回过神来，连身在何方都不晓得了的筱田面色苍白，筛糠一般。

其后二人联名给小川温泉寄了信。大约过了一周，一个包裹被寄了过来，里面装着小宫山似曾相识的那件贴身和服和当时所穿的那件沾满粉污的夹衣，附信说“哀于雪已亡故”。筱田至今独身而居。据说二人俱久久无法忘却故人亡去的日子。

过于拖沓冗长，辛苦您了。实在抱歉。再见。

紫阳花

紫陽花

一

据说里面栖着许多放蓝光的蛇，当地人皆不敢靠前。这处小小的神社，有一位独眼老人从很早以前就一直在看守。

据说这位老人变成独眼的时候曾经见过：一个留着一人高黑发的人待在围屏后面。那必是神社的守护神。

这是前些年的事情，发生在旧历六月中旬。干旱持续二十余日，就连在炎炎夏日里绽放的日本牵牛花都热得蔫头耷脑。沙石俱闪闪发光，老松树的树梢如乱丝般腾起轻烟。那想必是被称为“树灵”的树木精灵吧。炎炎烈日下有点朦胧的晌午比三更半夜还要寂静，一个十岁左右的俊美少年打着赤脚走在不见一人的乡间小路上。他将衣服下摆撩起来掖到腰下，头戴竹笋皮制成的草帽，一边叫喊“卖冰啦！卖冰啦！”一边走了过来。

他要去集市上卖冰。

冰包进蒲包挂在扁担上，扁担的另一端用草绳系着中等大小的石块。少年肩挑重物，尚未长足力气的身体踉踉跄跄，石块随着踉跄的脚步如钟摆般摇晃弹起。来到神社前时，少年大口地喘着粗气停下脚步。草帽压得遮住了眉毛，却依然挡不住火辣辣的日头，他白皙的脖颈晒得通红。少年酷热难当。

死去的蚯蚓被晒成了干，变成黑色，看上去似乎还在半死不活地蠕动。成群的红蚂蚁涌过来搬运。一丝微风也没有，连叶梢都不动一下，一只不知名的黑尾巴尖儿蜻蜓一动不动地落在滚烫的石板上，不愿飞起。

这时，神社的树荫下走出两名女子。其中一位将遮阳伞收起来拿在白皙的手上当手杖使用，另一位年轻些的女子踮起脚尖从后面给她撑着遮阳伞。想必是位婢女。

高个子的贵妇将头上戴的斗笠掀到后面，蓝色的丝绸披巾衬里挡住眉毛。她的黑发乌油油地闪着光泽。

少年讶异地回过头来，这位贵妇回头看了一眼婢女，缓缓走向少年，说："请问，能不能少来一点……"

她向他买冰。

酷暑加上疲惫，少年连应声都懒得，只是轻轻点点头，解开包冰的蒲包，将湿淋淋的竹叶"刷啦刷啦"地扒开。

水滴落了下来，冰块仍然保持着从冰窖中切开取出时的模样，边角完好无损。少年锯下一角，转身递给贵妇人，说："请拿好。"他睫毛上挂着从额头淌下的汗水，两只手都不得闲，无法拭去汗水。汗水蒙住了眼睛，看不见手里。他捧给贵妇人的冰颜色乌黑。

“这冰怎么了？”

少年也不说话，立即将锯的锋刃反过来，“刷啦刷啦”地锯起来，冰碴子哗啦哗啦地散落，融化在晒得滚烫的沙石里。“知——儿，知——儿”的蝉鸣声停了下来。

二

出来卖冰时，继母无意间拿给少年一把以前锯炭用的锯，把冰染上了颜色。然而少年一无所知，拿它来锯冰。冰块儿在掌中融化、变小。

再给她新换一块，却依然是黑的。贵妇人压根儿不碰一下。

“不干净……”她轻轻摇摇头。

“是。”

“哗啦哗啦”，少年用力锯冰，碎冰撒得满地都是。

他不情愿地扔掉。重新锯了几次，可是，沾在锯上的炭粉每一次都会把冰弄脏。冰已经所剩无几，盖在竹叶下面。

贵妇人一动不动，静静地凝神守候着。少年一脸无奈。

“我会被妈妈骂的，我会被妈妈骂的。”

他诉苦一般嗫嚅道，可是对方根本不为所动。跟随的年轻婢女觉得他可怜，一边呵斥他说：“啊，你说什么呢？你也太奇怪了，这可不行。”一边对贵妇人劝解道，“好可怜，那……”

“不。”

贵妇人冷冷地丢下一句，静静地站起身，连衣袖都纹丝不动。少年抬眼看了看婢女的脸，含泪低下头。

少年惋惜地看着散落在地上的碎冰转眼之间化成水，冒着气，地面干得连濡湿的颜色也看不见了。

“喂，给我。要好的，好的！”贵妇人焦急地催促道。

少年这回放下锯，将蒲包里剩余的冰块原封不动地拖出来，捧在手上。

“全、全都给你吧。”

细声细气地说着，他用力将手伸了出去。一丝冷风飘过，水汽缭绕腾起。

贵妇人眼波流转，定定地盯着冰和少年的脸，说：“哟，我说了，这样不行的！”

这次，她沉不住气了，一把将少年的手推开。冰滑落到地上，碎成了三四块。少年吃了一惊，赶紧拾起来紧紧握在手里。只见他的脸“刷”地涨得通红，右手扯住贵妇人的手，一声不吭地把她拖将起来。

“哎呀，哎呀，哎呀！”

妇人差点被他拽倒。

一阵风飒飒吹过树叶。

三

婢女大吃一惊。待到看时，妇人的裙袂缠绕在一起，踉踉跄跄地发出哀叫，仿佛拧绞柳丝般扭动着纤细的腰肢。婢女赶紧跑过去，插到两个人中间。

“喂！休得放肆！哎呀呀，你不知道她的身份吗？”

妇人痛苦地说：“罢了，罢了。”

“夫人……”

“罢了，由他去吧。来，走吧。”

她按住胸口，许是嫌脚下不利索，将鞋子脱下来扔掉。

妇人牵起少年的手，很快来到一处背阴的地方。这里小河潺潺，长着一棵枝繁叶茂的梧桐。河边的紫阳花[①]正在盛开，遍布一处破烂篱笆墙的里里外外。来到这片空地前面，少年停住脚步。妇人放心地舒了口气。

少年毫不犹豫地蹲在河边，将握在手里那块被炭粉染黑

① 即中国的“绣球花”。

的冰浸到水里洗。冰在掌中晶莹剔透。水滴滴答答地滴落。冰随着时间的流逝而融化，如今只剩下豆粒大小，却如水晶一般晶莹，没有一点污浊。

少年定定地看向妇人，声音颤抖地说：“这个可以吗？”

妇人面色苍白。

迟些跑来的婢女看到妇人的模样，顿时花容失色。她将妇人放倒，紧紧地抱在怀中，扑倒在她的膝上，一只手用力按住她的胸口。

“啊！”

妇人紧咬牙关，痛苦地仰望着天空。她唇色铁青，染黑的门牙[①]打着战，手扶地面，惨白的指尖紧贴着草哆嗦不已。

少年大吃一惊，眼见着她衰弱下去。

“夫人！夫人！”

婢女哭起来。

“安静。”妇人幽幽说道，“对不起，孩子，孩子。”

她气若游丝。

大吃一惊的少年搂住她，将已经完全化成水的冰给她含在口中。婢女松开胳膊，妇人仰着脸，心醉神迷地睁开眼睛，伸出压在胸口上的手抱住少年的肩膀，出神地盯着他看，轻轻点了点头。与此同时，冰滑过她的喉咙，她无力地垂下了头。日光透过梧桐树的树叶浅浅地洒下来，紫阳花的颜色映着她寂寞的容颜。

① 古代日本女性结婚时要把牙齿染黑。

泉镜花年谱

泉鏡花年譜

明治六年（1873年）一岁

本名镜太郎，十一月四日出生于石川县金泽市下新町23号，是泉家长子。父亲清次是一名镂金师，工名政光，是加贺藩工艺师金工九代水野源六的弟子。祖父庄助经营袜子店，是著名裁缝。祖母素照是横安江町目细小路9号目细九兵卫家的次女。目细家世代以制造经营缝衣针为业，店铺是百年老号，店前挂一著名招牌，黑板上面用白色胡粉描着“正宗小线针”字样，当地人称目细小路为小线小路即由此而来。母亲铃是家住江户神田明神下加贺藩的职业演员葛野流大鼓师中田万三郎丰喜的女儿，母亲的二哥做了能乐师松本弥八郎的养子，是宝生派的台柱子。铃出生时，中田家尚在下古，适逢明治维新，食禄被中断，之后穷困潦倒，遂举家迁入金泽，后嫁给与铃家同样迁入金泽的泉家。

明治九年（1876年）四岁

四月，生来孱弱的镜太郎在父母陪同下到向山游玩，在山中的荞麦面店里一顿扫光满满三大碗面条，往返皆步行，其好脚力及大饭量为家人津津乐道。听母亲讲解通俗绘本小说，听街上姑娘讲述当地的传说，对其后来的创作产生了不小影响。

明治十三年（1880年）八岁

一月三十一日，弟弟丰春出生（后更名为斜汀）。四月，进入与浅野川一河之隔的东马场养成小学学习。喜用雁皮纸描摹通俗绘本里的武士图像。

明治十五年（1882年）十岁

十二月，母亲铃去世。幼年时和年轻母亲死别的悲伤成为镜花文学诗情的源泉。

明治十七年（1884年）十二岁

六月，在父亲的陪同下按皇历参拜了石川郡松任的摩耶祠，越发加深对亡母的追思，自此终生信奉摩耶夫人。四月，入金泽高等小学学习，不出一年转入一致教会派所属的北陆英和学校。该校由美国人鲍特尔经营，其夫人、妹妹皆在校执教，镜太郎格外受鲍特尔女儿垂青。喜读该校图书室里《邮便报知新闻》上刊登的森田思轩的《盲目使者》。当时，表姐目细照及附近的汤浅钟表店家的女儿繁对他钟爱有加，此二位女性成为后年作品《小蟹》（一之卷）至《誓之卷》的创作原型。

明治二十年（1887年）十五岁

五月，从北陆英和学校退学，参加专科学校（之后的第四高中）的入学考试，英语成绩突出，但由于数学太差落选。同年进入井波氏经营的私塾，受人之托成为英文代课教师。期间，沉迷于《美少年录》、春乃舍胧（坪内逍遥的别号）的会心书屋刊发的《妹妹与脊镜》、《插图朝野新闻》刊登的《此处、彼处》等文学作品。

明治二十一年（1888年）十六岁

投奔富山友人，创设国文英语补习讲座，尝试外出执教，半年后终止回乡。居家期间，埋头于多部小说。

明治二十二年（1889年）十七岁

在友人宿舍里读了尾崎红叶的《二人比丘尼色忏悔》，大为感动。曾在镜花自书年谱中写道："笔下春色正酣，窗前桃李色艳，邻家梭织音，又似鼓韵律，美好记忆难忘怀"，抒发对红叶的倾慕之情。时年夏天，于辰口温泉的婶母家一张《读卖新闻》上面发现红叶的《夏瘦》，逐渐坚定了小说创作的信念，以《八文字》为题尝试创作，继而又试写二三习作。后推断其生前未发表文稿《白鬼女物语》亦为当时的作品。同年给红叶写信，却未收到回信。

明治二十三年（1890年）十八岁

十一月二十八日，不放弃成为小说家的信念，抱着投身红叶门下的决心，与在东京修建皇宫负责金具制造的水野源六之妻同行的匠人山尾光侣结伴进京。先乘人力车到敦贺，翌日坐火车至静冈，在静冈住了一夜。三十日下午四时抵达新桥。为都市的庞大所震慑，失去了造访红叶的勇气，陪同结伴的人去了神田山元町的家中借宿一晚。十二月一日，拜访曾经到金泽泉家留宿的济生学舍的学生福山某位于汤岛一丁目女坂下的宿舍，在那里留宿。在福山的带领下，品尝了杂煮小吃、山药汁浇麦饭、牛肉火锅，学会了玩花牌、逛曲艺场，知晓了当铺的便利性。岁暮游吉原花街。在福山朋友、参谋本部的翻译官三竹的陪同下拜访其同僚井口的寓所（麻布区今井町寺院内）。

明治二十四年（1891年）十九岁

在寺院住了三个月左右，被福山的表兄森川某带回，移居浅草田原町的大杂院一个半月。五月，福山在神田区五轩町建房舍，所以移居那里。六月，转住本乡四丁目的寄宿宿舍，不久和一名医学专业学生结伴奔赴镰仓，租住乱桥妙长寺的一间房子打发了七、八两月。穷于支付同一寺庙的住宿费，医学生逃走，他以人质的形式被留了下来。九月上旬，医学生寄来钱，得以进京，和他一起住在本乡龙岗町的宿舍里。月末移居汤岛新花町的寄宿宿舍，经常去听娘义太夫的净琉璃。同月中旬和医学学生们转到妻恋坂下的大杂院，在那里合住。难以忍受一个夏天仅以一件白色单衣度日的困窘，向家乡的表姐求助。表姐变卖珊瑚簪子，寄来一张五元的汇票，然而四处举债，不知该将钱用于何处，最终将钱分成多份。因同乡学生规劝，正当决心返乡之时，得知有一医学学生寄宿在红叶亲戚家，因为这层关系，九月十九日初次到牛入横寺町拜访红叶，讲述自己的志向之后随即被红叶收入门下，翌日以门生的身份住到红叶家。之后直至二十三岁的第二个月，在红叶膝下接受其熏陶，度过三年有余。

明治二十五年（1892年）二十岁

六月，红叶的《夏小袖》由春阳堂匿名出版，在举办竞猜作者的悬赏活动中，镜花书写全稿。十月一日至十一月二十日在《京都日出新闻》上刊登连载《冠弥左卫门》，因评价极低，报社负责人向红叶发出终止请求。红叶可怜他出师不利，反复进行交涉，最终得以完整刊载。十二月，因金泽市大火父母家的房屋被烧而回家。

明治二十六年（1893年）二十一岁

五月，署名白水楼向《春阳堂》的《侦探文库》（侦探小说第十一集）投稿《活偶人》，六月向《少年文学》（第十九编、博文馆）投稿《金表》。八月因脚气病回乡疗养。九月，《北门新报》上发表《穷鸟》。十月，偶得正在京都游览的红叶赞助火车费，没有进京，改为奔赴京都。将途中纪行加以润色创作一篇作品《他人之妻》（三十七年七月在《太阳》上发表的《怪语》的一部分）。

明治二十七年（1894年）二十二岁

一月九日，父亲清次离世，回乡。迫于生计，执笔《预备兵》、《义血侠血》、《到拂晓》（被红叶更名为《钟声夜半录》）、《贫民俱乐部》，寄给红叶。八月至十二月，《大和心》被《幼年杂志》刊载。十月一日至同月二十四日《预备兵》、十一月一日至同月三十日《义血侠血》署名为“某”，经红叶添删后发表于《读卖新闻》。此外，十一月《黑壁》发表于《词海》，其续篇于十二月刊登于同一杂志，却形同未完。十一月，《海战余波》和《譬喻谈》被《幼年玉手函十二编》收录，同月，《乱菊》（后更名为《女刺客》）发表于《近江新报》。十二月，《鬼之角》被《幼年玉手函十二编》收录。同年，在祖母素照的力劝之下，丢下祖母与幼弟（后来的斜汀）进京。镜花有两个亲生妹妹，高（明治十年生）与八重（明治十五年生），二人俱成为别人家养女（高被金泽的卯辰芝居茶庄“梅本”、八重被春日汀诸江屋绸缎庄领养）。

明治二十八年（1895年）二十三岁

一月，署名“红叶”在《太阳》上发表《取舵》。同月，《聋子的一心》发表于《春夏秋冬》。二月，因博文馆的日用百科书的编撰工作从尾崎住处移居小石川户崎町的大桥乙羽宅。三月，署名“狐狗狸庵”在《文艺俱乐部》上发表《神乐坡七怪》，同月至六月在同一杂志署名“畑芋之助”、同月二十八日至四月十日署名“兼六园主人”分别于《近江新报》上发表《妖怪年代记》和《秘妾传》。四月，在《文艺俱乐部》上发表《夜行巡查》，五月在《太阳》上发表评论《爱与婚姻》，《黑猫》在《北国新闻》上连载（七月完结）。六月，《外科室》在《文艺俱乐部》上发表，与《夜行夜叉》一起受到田岗岭云的赞赏，和川上眉山的《书记官》、《里表》等一同被赋予“观念小说”的称号。作为崭露头角的作家，镜花的名字逐渐为人所知。七月，《钟声夜半录》在红叶和柳浪合著的《四根线》上、《贫民俱乐部》在《北海道每日新闻》上发表。同月，《妙之宫》（后更名为《扱带》）、《女刺客》在《北国新闻》上发表。十二月，《义血侠血》由市村剧院的川上音二郎班子改编为戏剧上演，标题为《龙之白线》。不过当时尚被当做红叶作品。

明治二十九年（1896年）二十四岁

一月，《琵琶传》在《国民之友》上、《海城发电》在《太阳》上发表。二月，《化银杏》在《文艺俱乐部》（第二编青年小说）上发表。三月和五月，《蝙蝠物语》（后来的《汤女之魂》）在《新文坛》第二卷第三号和第五号上刊载。五月，离开大桥家，将老家的祖母接到小石川大塚町，方始有了一个家。从同月起连续在《文艺俱乐部》上发表《一之卷》、《二之卷》、《三之卷》、《四之卷》、《五之卷》的文稿，翌年一月以《誓之卷》完成续篇。据称《誓之卷》是探望卧病在床的樋口一叶时得到的灵感。十一月，在《文艺俱乐部》上发表《龙潭谭》。同月十四日至十二月二十三日，《照叶狂言》在《读卖新闻》上刊载。十二月，在《太阳》上连载《后门》，在《江湖文学》上连载《X螳螂鰒铁道》。此期间，与屉川临风交情甚笃。

明治三十年（1897年）二十五岁

一月，《恋爱诗人》在《太阳》上发表。三月，《实事求是》在《文艺俱乐部》上发表。四月，镜花第一本口语体小说《化鸟》在《新著月刊》第一号上发表。五月，《小蟹》在《国民之友》上发表。同月，《凯旋祭》在《新小说》、《硬面包》在《交友俱乐部》上发表。六月，《风流蝶形花》在《文艺俱乐部》上发表。七月，《清心庵》在《新著月刊》第四号上发表。同月，《怪语》在《太阳》上发表。八月，《迷路的孩子》在《少年世界》上发表。同月写了针对女性审美的《斥丑妇》。十二月，在《文艺俱乐部》上发表《髯题目》，受到高山樗牛的盛赞。（同年，

《瞌睡看守》敲定在《世界之日本》上发表，月份不详。）

明治三十一年（1898年）二十六岁

一月，《玄武朱雀》在《反省杂志》上发表。二月，《辰巳巷谈》在《新小说》上发表。三月，《蛇食》在《新著月刊》上发表。四月，《笈摺草纸》（后为《紫道中》）在《文艺俱乐部》上发表。八月，《乱桥》（后为《星光》）在《太阳》上发表。九月起在《大阪每日新闻》上连载《通夜物语》。（久保田万太郎推定《蛇食》由红叶加工修正为《雨头蛇》，如明治二十六年执笔时那样将旧作更改题目。此外，据泉镜花自书年谱记载，刊载在《新文艺》上的《亲子荞麦面三人客》为深秋雨夜里本乡一歧店坡的荞麦面店里的实景，而上述作品实为三十五年十月发表于《文艺界》。可能是错将《文艺界》记为《新文艺》了，也可能是四年后基于当年的记忆执笔，或者可能是文稿直至三十五年一直压在箱底，内情不详。）

明治三十二年（1899年）二十七岁

一月，在砚友社的新年宴会上结识神乐坂妓女桃太郎（本名伊藤铃，后为镜花夫人，感觉其名与亡母名字相同也是个中因缘）。之后，恋情与日俱增，四年后结婚。同月，《雪之山家》（后为《立春》）在《读卖新闻》上刊载，同月，《绘日伞》被与眉山合著的《怀子》（春阳堂刊）收录。同月，在《新小说》上发表《三尺角》。二月，《锦带记》由春阳堂刊载。四月，《湖畔》在《新小说》上发表。六月，《草水晶》被《花吹雪》（新声社刊、风叶与花袋合著）收录。同月二十八日至七月二十八日，《黑百合》在《读卖新闻》上刊载。秋天移居牛入南槓町。十一月，署名白水楼主人在《活文学》上发表《幻往来》。十二月，《汤岛之恋》（新作）由春阳堂刊行。

明治三十三年（1900年）二十八岁

一月，署名“白水楼主人”在《活文学》上发表《名媛记》。二月，在《新小说》上发表《高野圣僧》，同月，在《文艺俱乐部》上发表《古琴》。（与明治四十二、三年在《星期日》第六号上发表的《葛太郎》为同一作品。）五月，镜花在尾崎家举办的砚友社派新作讲谈会上自编自演了刊登在《新小说》上的作品《汤女之魂》。六月，《旅僧》在《明星》上发表。同月《狸伴奏》，七月《脑后的头发》分别在《新小说》上发表。八月九日至九月二十七日，在《大阪每日新闻》上发表《三枚续》。十月，《一叶之墓》在《新小说》上发表。十一月，《宾治记》（后为《裸蜡烛》）在《太阳》上发表。同月，《葛饰砂子》在《新小说》上发表。同月至翌年一月，《政谈十二社》在《小天地》上刊载。

明治三十四年（1901年）二十九岁

一月，回忆少年时代读书倾向的《着色》在《新小说》上发表。同月，《斧之舞》在《明星》上发表，《处方密笺》在《天地人》上发表。三月，《水鸡之乡》在《新小说》上发表。同月，谈《高野圣僧》创作历程的《创作苦心谈》被新声社刊行的同题十一人合辑收录。四月，《记事簿》在《新小说》上发表。六月，《月下园》被红叶、凉叶、风叶合著的《徒浪》收录，由文禄堂刊行。八月，《森林里的紫阳花》在《新小说》上发表。同月，《玉章》在《轮友》上刊载。十一月，《袖屏风》在《新小说》上发表。

明治三十五年（1902年）三十岁

一月，《女仙前记》在《新小说》上发表。同月，《妖僧记》在《九州日日新闻》上发表。三月，《浪尖》在《文艺界》上发表。五月，《绢川》（《女仙后记》）在《新小说》上发表。同月，《蓝色的票》在《俳薮》寅之五上发表。八月，《槲寄生》在《太阳》上发表。十月，《亲子荞麦面三人客》在《文艺界》发表。十一月，《起誓文》在《新小说》上发表。同年七月末至九月上旬，为在逗子樱山街道的一处独立房子里治疗胃病而搬家。（在镜花自书年谱的同一项里记载有“铃帮忙做饭”，可以推定铃已经从妓院赎身，真正的同居始于翌年。生前未发表的《新泉绮谈》也是那期间执笔，投稿《大阪每日新闻》的菊池幽芳处，却没有得见天日。并且该书内容与三十九年发表的戏曲《爱火》一致。）

明治三十六年（1903年）三十一岁

一月，为执笔《新小说》社会栏，和柳川春叶去关西旅行。同月，《两代的契约》在《新小说》上发表。同月，作品集《田每镜》由春阳堂付梓出版。二月，《吉浦蚬》在《新小说》上发表。三月从南榎町迁到神乐坂。托赖儿时伙伴吉田贤龙的深情厚谊，和铃同居。同月，《一碗茶》（后为《被炉》）由《文艺俱乐部》刊载。四月，红叶将镜花与斜汀唤到病榻前，斥责镜花与铃的同居，铃暂且搬离镜花家，红叶死后，成为镜花夫人。当时的哀伤反映在后来的《妇系图》里。同月《舞之袖》、五月《伊势之卷》分别发表于《新小说》。五月十六日至三十日，《采草药》发表于《二六新报》。七月，《草菖蒲》在《新小说》上发表。九月，《鹭之灯》在《太阳》上发表。十月，《白屈菜记》在《新小说》上发表。同月二十四日至翌年三月十二日，《风流线》在《国民新报》上连载。（《续风流线》于三十七年五月至十月在同一报纸上连载。）十月三十日，红叶离世。十一月，《白羽箭》在《文艺俱乐部》上发表。《红叶先生》以和小栗风叶对谈的形式在《明星》上刊载。十二月，《红叶老师离世前十五分钟》在《新小说》上发表。同月，《红叶先生悼词》在《文艺俱乐部》上发表。（这一年在镜花生命里是意义重大的一年，一方面，亦师亦友赖以依靠的红叶去世，砚友社的瓦解成为定局，文坛为自然主义流派席卷，镜花的存在一时间势头不在。然而另一方面，终于能够和因为老师关系分手的铃堂堂正正地享受新婚生活。他经常以铃的口吻将柳暗花明的微妙人情写到作品中去，很快达到浪漫主义名作家水准，其契机在这里被找到，或许可以说这是一个悲喜交加的季节。）

明治三十七年（1904年）三十二岁

一月，《白头偕老》（后为《道中一枚绘其一》）发表于《文艺俱乐部》。三月《红雪录》、四月《续红雪录》在《新小说》上发表。九月《柳小岛》在《文艺俱乐部》上发表。同月，《高野圣僧》由本乡剧团首演。十月，将戏曲《深涉大王》投稿《文艺俱乐部》。十二月，《风流线》由春阳堂出版单行本。

明治三十八年（1905年）三十三岁

一月，《我们的紫色》、《表二楼》在《新小说》上发表。同月，《雪之翼》（后为《雪之羽衣》）在《女学世界》上发表。同月，《假名水浒传》在《新小说》上发表。四月，《银短册》在《文艺俱乐部》上发表。六月，《璎珞品》在《新小说》上发表。六月，《女客》（前半部）在《中央公论》上发表（后半部十一月在同一杂志发表）。七月《小鼓吹》、十月《蝴蝶之曲》分别在《新小说》上发表。十二月，《恶兽篇》在《文艺倶乐部》上刊载。

明治三十九年（1906年）三十四岁

一月，《海异记》在《新小说》上发表。同月，《月夜游女》在《太阳》上发表。同月，《式部小路》（《三枚续》的续篇）在《大阪朝日新闻》上发表。同月，《球栗》在《秋田魁新报》上发表。六月，《无忧树》与《七棵樱》由日高有伦堂出版单行本。七月，因身体有恙迁至逗子田越，在该地度过三年。八月，《通夜物语》在大阪朝日剧院首映。九月，《汤岛之恋》在同一剧院首演。十一月《春书》、十二月《春书后刻》俱在《新小说》上发表。同月，戏曲《爱火》由春阳堂刊发单行本。同月，向《歌舞伎》投稿《女优力枝评》。关于在逗子的生活状况写道："雨漏房屋，枭鸣屋檐。风折榉枝，栋贯柿茸。破衾遮天井，芦穗披霜枕边寒，小蟹成群榻上跑。"那期间喜读李长吉的诗。

明治四十年（1907年）三十五年

一月，《结缘》在《新小说》上发表。同月，《灵象》在《文艺倶乐部》上发表。同月一日至四月六日，《妇系图》在《大和新闻》上连载。同月，《式部小路》由隆文馆刊发单行本。五月至六月，和登张竹风合译戈哈特·豪普特曼的《沉钟》到第二幕，在同一报纸上刊载。（翌年九月，由春阳堂出单行本时五幕全部译完。）七月，《风流线》在本乡剧院首演。同月，将《相合伞》一文投稿《新小说》，反驳长谷川天溪对《沉钟》的批评。九月《曙山先生》、十月《聪明女子》俱在《新小说》上刊载。

明治四十年（1908年）三十六岁

一月，《雌蝶》在《新小说》上发表。同月，《草迷宫》由春阳堂出版单行本。二月，托赖屉川临风资助押金得以返京，居住在曲町堤三番町。同月，《妇系图》上集由春阳堂出版单行本。（下集六月由同社刊行）四月，《花间文学》在《新小说》上发表。同月，《黄昏的滋味》在《早稻田文学》上发表。《颊白》在《文艺俱乐部》上发表。同月，向《新潮》寄出文学评论《浪漫主义与自然主义》，在该评论中镜花痛斥自然主义，值得关注。五月《妙龄》、六月《沼泽夫人》在《新小说》上发表。九月，《妇系图》在新富剧院首演。十一月，《芦叶钓》在《新小说》上发表。《星女郎》在《文艺俱乐部》上发表。十一月，《托付对方》在《文章世界》上发表。

明治四十二年（1909年）三十七岁

一月和二月分别在《新小说》上发表《七草》和《尼红》。四月在《交友俱乐部》上发表《紫手编》。五月，《租房一览》在《太阳》上发表。同月，《艺术即余最佳之工作》一文发表于《文章世界》。七月，《海的使者》发表于同一杂志。九月，《吉祥果》在《少女》创刊号上发表。同月，《金凿》由文泉堂书房刊发单行本。十月十五日至十二月十二日，《白鹭》在《朝日新闻》上连载。其年，与登张竹风和屉川临风一起参加了后藤宙外召集反自然主义作家发起的文艺革新会的地方演讲会，去宇治山田、名古屋、桑名等地旅行。

明治四十三年（1910年）三十八岁

一月，《歌行灯》在《新小说》上发表。同月，《国贞绘》在《太阳》上发表。同月，《镜花集》全五卷开始由春阳堂刊行。三月，在《每日新闻》上发表《月夜车》。同月和四月，在《新小说》上发表《杨柳歌》。四月，《白鹭》在本乡剧院首演。十月，缘于永井荷风的深情厚谊在《三田文学》上发表《三弦堀》。十一月，《栉卷》在《太阳》上发表。十二月，向《文艺俱乐部》投稿《捣麦》。五月移居曲町下六番町。

明治四十四年（1911年）三十九岁

一月，《朱日记》在《三田文学》上发表，《酸浆》在《万朝报》上发表。二月，《露肆》在《中央公论》上发表。三月，《三弦堀》在宫户座首演。同月，《吉原新话》在《新小说》上发表。五月，《妖术》在《太阳》上发表。

同月，《人参》在《文艺俱乐部》上发表。六月，《高栈敷》在《新日本》上发表。同月，《池之声》在《太阳》、《相逢之夜》在《国民新闻》上发表。七月，《屉色红》（后为《祇园物语》）在《文艺俱乐部》上发表。八月，《燕子花》在《新小说》上发表。同月，《月夜》在《妇女界》上发表。九月，《能乐座谈》在《能乐》上发表。十月，《贵夫人》（后为《雪衣鹦鹉》）在《三越》上发表。同月，《银铃集》（收录《笈摺草纸》、《白羽箭》等作品）由隆文馆付梓出版。十二月，《鳗鱼》（后为《夜钓》）在《新小说》上发表。同月，《指弹》在《文艺俱乐部》上发表。这个时期接近了里见弴。

明治四十五年（1912年）四十岁

一月，《南地殉情》在《新小说》上发表。同月，《片时雨》在《日本及日本人》上发表。二月，《稽古扇》在《中央新闻》上刊载。三月，同一作品的续篇在同一报纸上发表。四月，《霭》（后为《三人盲话》）在《中央公论》上发表。五月，《廓育》在《新小说》上发表。六月，《线游》在《太阳》上发表。同月，《唐模样》在《文艺俱乐部》上发表。七月，《红灯笼》在《淑女画报》上发表。同月，《歌仙雕》在《新小说》上发表。九月，《稽古扇》续篇在《文艺画报》上发表。十月，《浅茅生》在《地球》上发表。十一月，《雹降》在《太阳》上发表。同月，《印度更纱》在《中央公论》上发表。（二月，《稽古扇》在明治剧院首演。五月，《南地殉情》在新富剧院首演。）

大正二年（1913年）四十一岁

一月，《五大力》在《新小说》上发表。同月，《游行车》在《文艺俱乐部》上发表。三月，戏曲《夜叉池》在《演艺俱乐部》上发表。四月，《艳书》在《现代》上发表。同月，《银杏下》（后为《公孙树下》）在《台湾爱国妇人》上发表。五月，《狸伴奏》（后为《阳炎座》）在《新小说》上发表。六月，《蓖蒻本》在《杜鹃》上发表。七月，《红玉》在《新小说》上发表。八月至十月，《二挺鼓》（后为《参宫日记》）在《京城日报》上发表。九月，《二面》在《文艺俱乐部》上发表。十二月，《海神别墅》在《中央公论》上发表。同月，《恋爱妻子》由凤鸣社付梓出版。

大正三年（1914年）四十三岁

一月，《魔法坛》在《新小说》上发表。同月，《第二蓖蒻本》在《新日本》上发表。二月，《书包之怪》在《淑女书报》上发表。四月，《深沙大王》在明治剧院首演。九月，《日本桥》由千章馆付梓。该书由小村雪岱装订。之后，镜花作品集多由小村雪岱装订。十月，戏曲《汤岛境内》（《〈妇系图〉补遗》）在《新小说》上发表。十二月，《红葛》在《中央公论》上刊载。

大正四年（1915年）四十三岁

一月，《樱殉情》在《新小说》上发表。《樱贝》在《淑女画报》上发表。三月，《日本桥》在本乡剧院首演。四月，《新通夜物语》在《文艺俱乐部》上发表。五月，《夕颜》在《三田文学》上刊载。同月至十二月，《星之歌舞伎》在《妇女世界》上连载。六月，《镜花选集》由春阳堂刊行。七月，《描金画》在《新小说》上发表。九月，《悬香》在同一杂志上发表。十月，《游里集》（收录《白鹭》、《辰巳巷谈》等）由春阳堂出版。

大正五年（1916年）四十四岁

一月，《白金之绘图》在《新小说》上发表。同月，《镜花双纸》（后为《镜花集》第五卷）由春阳堂出版。四月，《浮舟》在《新小说》上发表。五月和六月，《三田文学》刊载《百奇谭》，七月，《新日本》刊载《人鱼祠》。同月，《夜叉池》在本乡剧院首演。九月，《岛田髻偶人》（后为戏曲《日本桥》一节）在《产业评论》上发表。十月，《荻薄秘话》在《新小说》上发表。同月，《爱染集》（收录《日本桥》、《记事簿》）由千章馆付梓出版。同月，《由缘文库》（收录《枭物语》、《龙潭谭》、《栉卷》）由春阳堂出版。十一月，《通路》在《文艺俱乐部》

上发表。十二月，《木会的红蝶》在同一杂志上发表。从这一年开始与水上泷太郎过往甚密。

大正六年（1917年）四十五岁

一月，《雨夜身影》在《淑女画报》上发表。同月，《伊达羽子板》在《女学世界》上发表。同月，《幻之绘马》（新创作）作为《侠艳情话集》第一编由春阳堂刊行。同月，向《新小说临时号》（《文豪夏目漱石》）投稿追悼文《夏目先生》。同月，《缘日》在《东京日日新闻》上发表。三月，《雏语》在《新小说》上发表。四月，《峰茶屋中心》在同一杂志上发表。同月，收录《新通夜物语》、《木会的红蝶》、《人鱼祠》等作品的《弥生贴》由和平出版社付梓出版。五月，戏曲选集第四编《戏曲日本桥》；八月，《妆蝶集》（收录《祝杯》、《女客》、《外科室》等作品）由春阳堂刊行。九月，《天守物语》在《新小说》上发表。

大正七年（1918年）四十六岁

一月，《续三弦》在《新小说》上发表。同月，《黑发》在《中外新论》上发表。同月，《红梅集》（收录《起誓文》、《舞之袖》、《神鬟》等）由春阳堂付梓出版。六月，追思柳川春叶的《中庸的人》投稿《新演艺》。二月至三月，《友染火钵》在《周》七号至九号连载。三月，向《文章俱乐部》投稿评论里见弴文章的《手执烟杆亦短刀》。四月，向《中外》投稿《茸之舞姬》。六月，新创作的《鸳鸯帐》由止善堂付梓出版。同月，《镜花随笔》由文武堂刊行。七月，童谣《那紫色》被作为《赤鸟》创刊号登载。同月七日至十二月七日，《芍药之歌》在《大和新闻》上连载。同月，《爱草集》（收录《白羽箭》、《化鸟》、《妖术》等作品）由春阳堂刊行。十月，向《赤鸟》投稿童谣《穿着蓑衣走》。

大正八年（1919年）四十七岁

一月至第三年二月，《由缘之女》（后为《栉笥集》）在《妇人画报》上连载。同月，《友染集》（收录《荻薄秘话》、《天守物语》、《续三弦》等）由春阳堂付梓出版。三月和四月，《纸拉门》在《新小说》上发表。五月二十日至七月一日，《柳之横町》在《大阪朝日新闻》上连载。九月，《练习》在《新小说》上发表。同月，《缘日商品》在《夜东京》上发表。十月，《雨谈集》（收录《恋爱妻子》、《时雨之姿》、《歌仙雕》）由春阳堂付梓出版。

大正九年（1920年）四十八岁

一月，《江户土产》（后为《妖剑纪闻》前篇）在《新小说》上发表。同月，《伯爵之钗》在《妇女界》上发表。四月，《新江户土产》（后为《妖剑纪闻》后篇）在《新小说》上发表。五月，《卖色鸭南蛮》在《人间》上发表。七月，《寸情风土记》在《新家庭增刊〈山水巡礼〉》上发表。十月至十一月，《长五官的榅桲树》在《现代》上发表。十月，《银烛集》（收录《日本桥》、《名媛记》、《吉祥果》、《五大力》等作品）由春阳堂付梓出版。同月，《瓜之泪》在《国粹》上刊载。十二月，向《改造》投稿《呗立山心中一曲》。本年六月，因《葛饰砂子》改拍电影一事与谷崎润一郎见面。认识芥川龙之介也是在这个时期。

大正十年（1921年）四十九岁

一月，《鲷》在《现代》上发表。同月，《荠》在《新家庭》上发表。同月，《定九郎》在《人间》上发表。同月至十月，《毗首摩羯》在《国粹》上连载。同月至翌年二月，《彩色人情书》在《新演艺》上连载。二月，《蜻蛉集》由国文学书店付梓出版。该作品集中收录《妖剑纪闻》、《缘日商品》、《租房一览》、《硬面包》、《裸蜡烛》、《练习》、《红葛》、《卖色鸭南蛮》，附录为水上泷太郎编的《泉镜花著作细表》。三月，《蝴蝶之目》在《国本》上发表。四月，《雪灵记事》在《小说俱乐部》上发表。同月，《雪灵续记》在《新小说》上发表。同月，《国本》上刊载《银鼎》。同月，《七宝柱》在《人间》上发表。同月，《饭坂雪》在《东京日日新闻》上发表。八月，《有缘女梻笥集》由春阳堂刊发单行本。

大正十一年（1922年）五十岁

一月，《妖魔之占》在《新小说》上发表。同月，《新柳集》（收录《呗立山心中一曲》、《瓜之泪》、《鲷》、《定九郎》、《幻之绘马》等作品）由春阳堂付梓出版。一月至六月，《黑发》（后为《龙胆与抚子》的一部分）在《良妇之友》上连载。同月十二日至三月二十二日《东京日日新闻》连载《身延之莺》。五月二十三日至三十一日，《番茶话》（蛙、玉虫、红蜻蜓）在《时事新报》上刊载。七月，《枫与白鸠》在《Sunday每日》上发表。八月，《泡沫集记事》在《新小说·鸥外森林太郎号》上发表。同月，《龙胆与抚子》在《女性》上连载。（在十二年一月号上一举完结。续篇十二年二月至九月在同一杂志上连载。）十月，《十三娘》在《铃之音》上发表。同月七日至十二日，《人子话》在《东京朝日新闻》上发表。

一月，《驹之话》在《Sunday每日》上发表。同月，《伞》在《随笔》上发表。同月，《小春之狐》在《女性》上发表。

大正十二年（1923年）五十一岁

一月，《狩鶺》在《Sunday每日》上发表。同月，《鹗之鳍》在《新小说》上发表。三月，《龙蜂集》（收录《彩色人情本》、《妖魔之占》、《身延之莺》等）由春阳堂付梓出版。同月，投稿《湖畔玩耍》到《Sunday每日》。五月二十六日至七月十四日，《朝汤》在《大阪每日新闻》上连载。六月，《剧本·山吹》在《女性》上发表。同月，《野菜》在《东京日日新闻》上发表。七月，《女波》（根据《售炎》一节改写）在《Sunday每日》上发表。九月，因躲避关东大地震引发的火灾在外露宿两夜。缘起灯笼的光亮创作的《露宿》和《十六夜》在十月的《女性》和十月一日至五日的《东京日日新闻》上登载。十一月十日，《间引菜》在《周刊朝日》上发表。同月，《雨怪》在《随笔》上发表。

大正十三年（1924年）五十二岁

一月，《驹之话》在《Sunday每日》上发表。同月，《伞》在《随笔》上发表，《小春之狐》在《女性》上发表。同月一日至七日，《春装》在《时事新报》上发表。二月，《汤豆腐》在《女性》上发表。同月，《胡桃》在《新兴》创刊号上发表。三月，小品集《七宝柱》（感想小品丛书四）由新潮社刊行。该书收录作品《露宿》、《间引菜》、《驹之话》、《野菜》、《女波》、《伞》、《雨怪》、《小春之狐》、《到大阪》、《寸情风土记》、《春装》、《妇人十一题》、《七宝柱》。四月，《玩火》在《Sunday每日》上发表。同月，《假宅话》在《新小说》上发表。同月，《二三羽——十二三羽》在《女性》上发表。同月，《金稻》在《随笔》上发表。五月，《眉隐灵》在《苦乐》上发表。七月，《降雨》在同一杂志上发表。同月，《夫人利生记》在《女性》上发表。同月，《龙胆与抚子》由柏拉图社刊发单行本。同月二十一日至九月六日，《玉造日记》在《大阪朝日新闻》上发表。八月，《枥饼》（后为《枥之实》）在《新小说》上发表。同月，和森田草平、铃木三重吉、田山花袋、久米正雄等人向《女性》上投稿《旅行笑话》（女性谈话会）。九月，《救鳟鱼》（后为《光蓝》）在《随笔》上发表。十月，《露荻》在《女性》上发表。十一月，《爱府》（收录作品《狩鹬》、《枫与白鸠》、《湖畔玩耍》、《鹗之鳍》、《朝汤》、《十三娘》、《番茶话》、《人子话》、《祭之事》、《山吹》、《十六夜》》）由爱潮社刊发。十二月，《番町夜讲》（收录作品《眉隐灵》、《夫人利生记》、《假宅话》、《金稻》、《光蓝》、《胡桃》、《玩火》、《枥之实》、《汤豆腐》）由改造堂刊发。

大正十四年（1925年）五十三岁

一月，《道祖神之戏》在《Sunday每日》上发表。同月，《甲乙》在《女性》上发表。二月，《铠甲》在《写真报知》上发表。《本妻和赞》在同月和四月的《苦乐》上发表。三月，《怨灵借用》在《改造》上发表。同月，《神乐坂之呗》在《文艺春秋》上发表。同月，《献立小记》在《东京朝日新闻》上发表。四月一日，《插秧》、《色鸟》在《周刊朝日》上发表。六月，《穿着蓑衣走》和《那紫色》被新潮社刊发的《日本童谣集》（1925年版）收录。七月，《镜花全集》十五卷开始由春阳堂刊发。参订者有小山内薰、谷崎润一郎、里见弴、水上泷太郎、久保田万太郎、芥川龙之介。冈田三郎助装订。九月，《泉镜花集》（现代小说全集第二卷）由新潮社刊发。

大正十一年（1926年）五十四岁

昭和元年

一月，戏曲《战国新茶渍》在《女性》上发表。同月，《绘本之春》在《文艺春秋》上发表。二月，俳句《雪解》在《女性》上发表。四月，《邻之线》在同一杂志上发表。同月，《忆城崎》在《文艺春秋》上发表。同月三十日至五月六日，《防火之事》在《东京朝日新闻》上发表。五月，《报条二页》在《三田文学》上发表。七月，《歌行灯》在明治剧院首演。九月，《盛夏之梅》在《女性》上发表。同月，《小呗》在《文艺春秋》上发表。同月二十三日至十月八日，《割麻》在《时事新报》上发表。十月，《半岛一奇抄》在《文艺春秋》上发表。十一月赴故乡金泽，在目细家与二十五年未见的妹妹八重见面。

昭和二年（1927年）五十五岁

三月，《多神教》在《文艺春秋》上发表。四月，《改造》上以《泉镜花氏书信》为题刊登寄给改造社社长山本实彦的信。改造社版《尾崎红叶集》的版税尽管已经支付，《Sunday每日》却发了一篇的报道，说："因改造社迟迟不支付版税，泉镜花为老师进行交涉。"针对这一不实报道，泉镜花写道："我深感与给出版社诸位带来的麻烦相比，您感受更多是遗憾和懊恼，寄上短信一封聊表安慰。"在信里，他表达了希望尽早对世人澄清这空穴来风事件真相的愿望，同时表明了自己的立场。四月，《卵塔场的女神》在《改造》上发表。同月和五月，《河伯千金》在《妇人俱乐部》上发表。六月，《玉川之草》在《文艺春秋》上发表。同月，《金色夜叉小解》投稿春阳堂的《明治大正文学全集第五卷·尾崎红叶篇》。（本解说文基于从红叶处听来的讲解写成，是了解《金色夜叉》未写部分的重要文献。）七月，《弴先生小话》在《改造社文学月报第七号》上发表。同十七日至八月七日，《深川浅草》（《新东京繁昌记》）在《东京每日新闻》上连载。八月，《悼芥川龙之介》在《改造社文学月报》第八号上发表。（此为芥川葬礼上镜花的悼词）同月，儿歌《早到的黎明》、《夏天的帽子》在《手帖》（文艺春秋社刊）上登载。同月的《文艺春秋》组织了泉镜花座谈会，柳田国男、里见弴、久保田外郎、菊池宽簇拥泉镜花出席。九月至翌年二月，《扬弓》（后为《手枪使用方法》）在《文艺俱乐部》上发表。十月一日至九日，《十和田湖》分别在《东京每日新闻》和《大阪每日新闻》上连载。十一月，向《美之国》投稿《阿健真棒》，庆贺镝木清方的《筑地明石町》获美术院奖。清方和鳍崎英朋一起为镜花小说创作插图，交情甚笃。

昭和三年（1928年）五十六岁

一月，《啄木鸟》在《Sunday每日》上发表。同月，《鸟影》在《不同调》上发表。同月，俳句《被炉》在《去春》上发表。同月，与梅村蓉子的对话《一问一答》在《映画时代》、《比您所知道的》在《时事新报》上发表。八月，《飞剑幻》在《改造》上发表。同月，《幽灵与怪谈》座谈会的记录由《主妇之友》刊载。镜花和柳田国男、桥田邦彦、长谷川时雨、里见弴、小村雪岱、小林一三、平冈权八郎一起出席。同月，《与弴先生一酌》在《长篇小说月报》第六号（新潮社）上发表。同月，《九九九会小记》在《三田文学》上发表。同月，《日本八景》（铁道省刊）投稿《十和田湖》。同月，《日本戏曲全集》第四十二卷《泉镜花篇》（收录作品《稽古扇》、《夜叉池》、《海神别墅》、《天守物语》、《山吹》）付梓。九月，改造社版《现代日本文学全集》第十四卷《泉镜花集》（《外科室》、《琵琶传》、《一之卷》——《誓之卷》、《辰巳巷谈》、《笈摺草纸高野圣僧》、《女仙前记》、《亲子荞麦面三人客》、《采草药》、《白羽箭》、《红雪录》、《续红雪录》、《春书》、《春书后刻》、《妇系图》、《歌行灯》、《南地殉情》、《卖色鸭南蛮》、《眉隐灵》、

《二三羽——十二三羽》、《枥之实》（附随笔、儿歌、连歌首句、自书年谱）刊行。同月，《大东京繁昌记·下町篇》（春秋社）里收录《深川浅景》。十一月游玩修善寺温泉新井——后来的五年十月、十年五月、十一年五月赴同地。同月，齐藤昌三编集的《爱书趣味》于明治二十八年在《北国新闻》上发表以后发表了佚文《黑猫》。

昭和四年（1929年）五十七岁

二月，《镜花全集》豪华版由春阳堂付梓出版。其内容为《照叶狂言》、《高野圣僧》、《三尺角》、《祝盃》、《女客》、《葛饰砂子》、《髯题目》、《玄武朱雀》、《紫手编》、《春书》、《春书后刻》、《草迷宫》、《吉祥果》、《鲷》、《十三娘》、《伯爵之钗》、《记事簿》、《歌行灯》。四月，《昭和新集》（《绘本之春》、《邻之线》、《半岛一奇抄》、《河伯千金》、《卵塔场的女神》、《手枪使用方法》、《战国茶渍》、《多神教》、《金色夜叉小解》、《悼芥川龙之介》、《忆城崎》、《盛夏之海》、《防火之事》、《割麻》、《啄木鸟》、《比您所知道的》）由改造社刊行。同月，《原作者所见〈日本桥〉》投稿《映画时代》。五月，游能登和仓温泉和歌崎馆及金泽市上柿木田藤屋，和初恋恋人汤浅繁见面，六年十一月再赴藤屋。七月二日至十一月二十四日，《山海评判记》在《时事新报》上发表。同月二日至十九日，《风景、旅行与座谈会》的记录在《东京每日新闻》上发表。出席者有和田三造、筧正太郎、黑板胜美、小岛鸟木、近卫秀磨、木下谦次郎、泉镜花七人。

昭和五年（1930年）五十八岁

一月，现代长篇小说全集《泉镜花篇》（《芍药之歌》、《由缘之女》）由新潮社付梓。同月，出席热海市红叶祭。三月，《文艺春秋》上发表《复兴大东京座谈会》记录。出席者为井上清、大熊喜邦、镝木清方、笠原敏郎、中村镇、久保田万太郎、久米正雄、小林一三、佐藤功一、木村庄八、佐佐木茂索、近藤经一、菊池宽、泉镜花十四人。九月，《木子说法》在《文艺春秋》上发表。十月，为日本的胜利作词《龙之白线之呗》。十一月，投稿《十和田的夏雾》至《日本地理大系5——奥羽篇》（改造社）。

昭和六年（1931年）五十九岁

六月，游千叶县胜浦馆。同月，《貉市场》（后为《古貉》）在《文艺春秋·全读物号》上发表。同月，俳句《常夏》在《春泥》上发表。八月二日至八日，《木菟俗见》在《东京朝日新闻》上发表。九月，《河童在贝之穴的事情》在《古东多万》上发表。同月，俳句《杂》在《春泥》上发表。同月，和吉井勇、梅原龙三郎、久保田万太郎、山下新太郎、里见弴、佐藤春夫、结城素明、水上泷太郎一起出席

《三越》的“婚礼座谈会”。

昭和七年（1932年）六十岁

一月，《菊合》在《文艺春秋》上发表。同月，游热海水口园。之后的八年二月，九年五月，十年二月、十二月，十一年一月、十一月，十二年一月，十三年四月赴同地。四月，《白花朝颜》投稿《周刊朝日·春季特刊》。十一月，《昨夜雨》在《文艺春秋》上发表。

昭和八年（1933年）六十一岁

一月，《神鹭卷》在《改造》上发表。《灯明卷》在《文艺春秋》上发表。二月五日，《若菜内》在《大阪朝日新闻》上发表。三月，其弟泉斜汀在德田秋声经营的公寓中去世，因此事消除与秋声多年不和。七月，《开门一妖帐》在《经济往来·夏季增刊新作三十三人集》上发表。

昭和九年（1934年）六十二岁

一月，《斧琴菊》在《中央公论》上发表。三月，小说·随笔集《斧琴菊》（《飞剑幻》、《木子说法》、《古狢》、《河童在贝之穴的事情》、《菊合》、《灯明卷》、《神鹭卷》、《斧琴菊》、《芥川龙之介推奖文、深川浅景》、《题美人画全集》、《山本特制海苔报条》、《儿歌》——《早到的黎明》、《夏天的帽子》、《木菟俗见》）

由昭和书房刊发。五月，俳句《迎酒》在《俳句研究》上发表。同月，《乌冬面单相思》在《粮友》上发表。

昭和十年（1935年）六十三岁

一月，作为《日本近代悲剧名作全集》第七卷的《妇系图》（《妇系图》、《日本桥》）由中央公论社刊发。九月，镝木清万执笔的《记事簿画谱》由新小说社刊发。

昭和十一年（1936年）六十四岁

一月，戏曲《忍》在《中央公论》上发表。九月，俳句《二合半酒》在《俳句研究》上发表。同月，久保万太郎编《泉镜花读本》由三笠书房付梓出版。

昭和十二年（1937年）六十五岁

一月五日至三月二十五日，《薄红梅》在《东京日日新闻》及《大阪每日新闻》上连载。（被推定为原稿的《朝雾》保存于庆应图书馆。）十二月，《雪柳》在《中央公论》上发表。本年六月二十四日被尊为帝国艺术院会员。

昭和十三年（1938年）六十六岁

这一年没有发表作品。虽然从十一月上旬就发现咳出的痰中带有血丝，却并未发现精力衰减。

昭和十四年（1939年）六十七岁

四月二十四日，做佐藤春夫外甥竹田龙儿与谷崎润一郎长女鲇子的结婚媒人。七月，《缕红新草》在《中央公论》上发表。执笔该作品过程中对家人诉说每写二三页胸口就会疼痛。看了医生，当时并未诊断为大病。七月二日出席九九九会。七月下旬卧床，主要是苦于腰部疼痛。八月中旬，主治医生三角和正博士和稻田龙吉博士一起确诊病因。病名为肺肿瘤。下旬病情恶化，频诉呼吸困难和胸部疼痛。夫人铃夜里连十分钟的睡眠都不能保证。因心脏衰弱，里见弴劝说三角博士尝试吸氧。三角博士曾要求夫人铃对镜花保密病情真相，镜花直到最后都认为自己患的是神经痛和气管炎。认为吸氧仅限于病危患者的泉镜花不肯轻易接受里见弴让他尝试的劝告。里见弴屡屡劝说这并不仅用于病危患者，终于取得他的同意。吸氧时，他对枕边的人们欣喜地微笑着说："啊，真舒服。此刻若说最想要的东西就是将氧气冷却送来海风般的清凉，其次为……"去世当日早晨似乎精神很好，三角博士给他注射强心剂后，早饭吃了麦饭和酱汤，还说想吃鸡蛋，夫人像哄小孩子一样告诉他说"等午饭再吃"。上午十一点诊断时，博士见他指尖轻度青紫，认为事情紧急，悄悄告知夫人。夫人急告里见弴（与泉家一路之隔的对面有岛邸），里见弴电话告知数名朋友。屉川临风、柳田国男、久保田万太郎、小村雪岱奔来，作为临时病房的餐厅只有四张半榻榻米大小，病床边空间狭小，诸氏济济一堂。镜花环顾四周，对夫人说："从大家都来了这一点看，可能我的病情不太好。那样的话，待在这里恐怕不合适，给我换个房间吧。"想必当时本人已经有临终的思想准备了。里见弴问博士换房间要不要紧，博士回答"谨慎点连床一起移动或许不要紧"，于是夫人将病床移到隔壁八张榻榻米大小的房间。几乎与之同时病情急转直下，博士当即注射四支药品，然而那一刻心脏已经停止跳动。如此，九月七日下午二时四十五分，镜花成为白玉楼中人（指离世）。枕边笔记本上潦草写道："怀念露草红犹在"，成为绝笔。随即电报通知好友们。收到电报，镝木清万、水上泷太郎、尾崎红叶遗孀、柳川春叶遗孀、志贺直哉、喜多村绿郎等人汇集。久保田太郎还给广播局打电话发丧，各报社的发布事宜委托文艺春秋社的佐佐木茂索。当天下午四时，广播新闻、《东京朝日新闻》晚刊头条用电光新闻将镜花之死昭告天下。吊唁的来客从傍晚到半夜络绎不绝，窗外门前的街上花圈林立，数目仍不断增加。戒名定为佐藤春夫撰写的"幽幻院镜花日彩居士"。八日，由宫内省下发天皇钦赐币帛，九日，镝万清次代表遗属拜受币帛，供奉于灵前。十日正午出殡，在芝青松寺举行葬礼。下午四时，灵柩送于桐谷火葬场，遗骨葬于杂司谷墓地。（临终前后记述参照竹田龙儿的《捐馆记事》）

十月，《薄红梅》（《薄红梅》、《雪柳》、《缕红新草》）由中央公论社付梓出版。十一月，《遗稿》在《文艺春秋》上刊载。

昭和十五年（1940年）

四月至十七年十一月，岩波书店版《镜花全集》全二十八卷刊行。（一至二十五卷收录小说，二十六卷收录戏曲，二十七、八卷收录随笔、纪行、儿歌、俳句、杂记。考虑到时局，未收录《琵琶传》、《海城发电》、《定九郎》。）

昭和三十年（1956年）

十二月，生前未发表的旧作《新泉奇谈》由角川书店刊发。

昭和三十一年（1957年）

九月，在金泽市目细家发现习作时期的《白鬼女物语》原稿，后于次年三月在东京堂刊行的《明治・大正文学研究》上刊载《镜花・秋声特集》（二十一号）。

昭和四十八年（1973年）

从十一月至五十一年（1976）《镜花全集》全二十九卷由岩波书店刊行。

图书在版编目(CIP)数据

汤岛之恋 / (日) 泉镜花著 ; 蔡鸣雁译. — 长春 : 吉林出版集团有限责任公司, 2011.1
（草月译谭）

ISBN 978-7-5463-4566-6

Ⅰ. ①汤… Ⅱ. ①泉… ②蔡… Ⅲ. ①长篇小说 - 日本 - 现代 Ⅳ. ①I313.45

中国版本图书馆CIP数据核字(2010)第256534号

汤岛之恋

作　　者	[日]泉镜花
译　　者	蔡鸣雁
出 品 人	周殿富
创　　意	吉林出版集团・北京汉阅传播
策划编辑	渠　诚
责任编辑	聂文聪 曾雪梅
装帧设计	未　氓
开　　本	650mm×950mm 1/16
印　　张	16
版　　次	2011年2月第1版
印　　次	2017年7月第2次印刷
出　　版	吉林出版集团有限责任公司
发　　行	北京吉版图书有限责任公司
地　　址	北京市宣武区椿树园15－18号底商A222
	邮编：100052
电　　话	总编办：010－63103398
	发行部：010－63104979
网　　址	http://www.jlpg-bj.com/
印　　刷	三河市京兰印务有限公司

ISBN　978-7-5463-4566-6　　　**定价**：39.80元